Serdar Özkan

失落的玫瑰

[土耳其] 沙尔达 · 奥兹坎 著
裴卫芳 译

湖南文艺出版社
HUNAN LITERATURE AND ART PUBLISHING HOUSE

图书在版编目（CIP）数据

失落的玫瑰 /（土）奥兹坎著；裴卫芳译 .—长沙：湖南文艺出版社，2010.11

书名原文：The Missing Rose

ISBN 978-7-5404-4624-6

Ⅰ. ①失… Ⅱ. ①奥…②裴… Ⅲ. ①长篇小说 - 土耳其 - 现代
Ⅳ. ① I374.45

中国版本图书馆 CIP 数据核字（2010）第 172273 号

著作权合同登记号:图字 18-2010-178

上架建议：畅销书 · 外国文学

失落的玫瑰

作　　者：（土）沙尔达 · 奥兹坎
译　　者：裴卫芳
出 版 人：刘清华
责任编辑：易　见
策划编辑：吴成玮　刘　华
版权支持：辛　艳
营销支持：李吉喆
版式设计：李　洁
封面设计：巴斯光年 workshop
出版发行：湖南文艺出版社
（长沙市雨花区东二环一段 508 号 邮编：410014）
网　　址：www.hnwy.net
印　　刷：北京鹏润伟业印刷有限公司
经　　销：新华书店
开　　本：880 × 1230　1/32
字　　数：150 千字
印　　张：7
版　　次：2010 年 11 月第 1 版
印　　次：2010 年 11 月第 1 次印刷
书　　号：ISBN 978-7-5404-4624-6
定　　价：26.80 元
（若有质量问题，请直接与本社出版科联系调换）

献给

S.加特兰大

以及

所有真正的玫瑰

噢，玫瑰，你病了！

那无形的飞虫

乘着黑夜飞来了

在风暴呼号中。

找到了你的床

钻进红色的欢欣；

他的黑暗而隐秘的爱

毁了你的生命。

——威廉·布莱克

你应当进入花园

你应当游走于其中

你应当轻嗅那初然绽放的玫瑰

它永不凋零……

——尤努斯·埃姆莱

楔子

Prologue

以弗所，一座双面之城。这里既坐落着阿耳忒弥斯神庙，也是圣母玛利亚小屋所在地。这座城市真我和假我兼具，自大与谦逊共存，奴役和自由同现。这就是以弗所，对立面在这里纠结交缠。它同人类一样具有各种人性。

十月的一个傍晚，靠近古城以弗所的梅勒斯河边，两个人傍河而坐。夜莺山后，太阳即将沉没，余晖给夜莺山染上一片深红。已有知晓天象的人告诉过他们，这种景象是即将下雨的好兆头。

“圣徒保罗在向众人传道，宣讲圣母玛利亚。”年轻女子说道，“人群愤怒了，他们叫喊着，对他发出抗议，还咒骂他。你听到了吗？许多人反对新信仰，因为新宗教禁止他们崇拜自己的女神。听哪，他们顿足高呼：‘我们不要玛利亚！我们崇拜阿耳忒弥斯！’”

“阿耳忒弥斯？”年轻男子问道，“他们的女神？是罗马神话里的狄安娜吗？”

“不必在意她叫什么。”年轻女子说，“她只是杜撰的人物。是其他人创造了她，把她当做女神崇拜。”

“你好像挺了解。”

“我像了解自己一样了解她。”

“哦？那何不跟我讲讲？”

“她是狩猎女神。”女子开始讲述，“是出色的猎手，能用弓箭置人于死地。敌人总在不提防时，突然被射中，不过死亡时体味的是甜蜜。她崇尚自由，却摆脱不了心有负累；高傲自负，却不得不依赖他人。她母亲勒托倚着橄榄树生下了她，还有……”

说到这里，她深深地吸了一口气，然后说：“还有她的孪生……”

第一部分

Part One

1

两只重叠成了一只……

就一只。是的，没错！当然了，只有一只酒瓶。

不，不对……我明明看见两只酒瓶。

莫非我眼花了？可也可能就一只酒瓶……

不，我没喝醉，不会眼花的。真是两只酒瓶。

好吧，是的，是两只酒瓶。但是，为什么有两只呢？为什么？

噢，上帝啊，它们看起来一模一样。大小、外形、颜色完全相同，甚至连该死的生产日期都是一样！是的，它们是……它们是孪生酒瓶！

怎么会呢？一只瓶子怎么突然就变成了两只？怎么会有这种事？

而且，为什么呢？

没道理呀……

里约热内卢一座小山坡上，一所俯瞰海湾的美丽豪宅中，几乎每天晚上都是这般情形，已经持续了一个月。这会儿，同样的剧目又开演了。宽敞的客厅，狭窄的角落，黑色的沙发，狄安娜埋在沙发坐垫里，手中攥着酒瓶。她想不明白，为什么自己的人生在顷刻之间发生了翻天覆地的变化。

同其他夜晚一样，白天压抑的种种积聚在心头，到了晚上重得如同一吨砖石，压得她喘不过气来。身体也已经麻木了。栗色头发蓬乱不堪，绿眼睛满是血丝。她充血的双眼从茶几上的两只酒瓶看到壁炉上妈妈的相片，又从相片看到酒瓶。

今夜有一点与其他夜晚不一样。狄安娜特意生起一堆火，打算烧掉那两封信。五月温暖的夜晚，火光映在她脸上，闪烁不定，烤得她内心那团火苗也越燃越旺。

饮尽瓶中最后一滴酒，她随手将酒瓶扔到地上。伸手拿第二瓶前，她扭头盯着刚喝光的空瓶子看了会儿。

“你知道吗？”她对酒瓶说，“你像我一样，尽管空了，什么都没了，依然挺直脊背站立着，不会感到羞愧。”她苦笑着说：“说到底，我们可是女神呢，是不是？没什么能打倒我们！”

说完，她又转向第二只酒瓶：“至于你，你这个偷妈妈的贼！妈妈说你是我的孪生姐姐，可对我而言，你什么也不是，只是一团空气，是幻觉。”

狄安娜拖着身子从沙发坐垫里站起来，俯身探向茶几。但她没碰酒瓶，而是拿起一旁妈妈的信。就是这封信，一只瓶子变成了两只，前后不过几分钟的时间而已。

一个月前，妈妈去世前一天把这封信交给了她。之前她已叮嘱过狄安娜，她死后方能打开。妈妈说：“亲爱的，这是我最后的心愿了。答应我，你会照我说的做。”

狄安娜问过妈妈究竟要她做什么，但妈妈不回答，只是用那双深邃的蓝眼睛盯着狄安娜，静静地等待女儿的承诺。她的目光坚定，仿佛不会有丝毫的退让。最后，狄安娜抵不住妈妈恳切的注视，许下了诺言。

听到狄安娜的承诺，妈妈的眼睛恢复了平日的光彩，苍白的脸庞也有了片刻的血色。她拉起狄安娜的手，放在自己手中，说道：“只能靠你了，亲爱的。请你照看她，把她照顾得好好的。她是个很特别的人。”

狄安娜俯身问妈妈：“她？哪个她？你说的是谁呀，妈妈？”然而，她的疑问一直没有得到解答，直至次日妈妈撒手人寰，她方才从信中得知。

狄安娜看过信之后，突然觉得脚底虚浮，双脚站立不稳。手中的信看了一遍又一遍，她感到全身的力气都被抽走了，一下子跪在了地上。

从那时起，情形一直如此。

将妈妈的信付之一炬前，狄安娜看了最后一遍：

亲爱的狄安娜：

希望你一切安好，亲爱的。你一定要好好的，千万别觉得失去了我。我明白这不容易，但我拜托你，你得试着做……

请不时告诉我你过得好不好，别忘了。把要说的话记在日记里，讲给我的相片听，编成故事写给我……

毕业的日期一定下来马上告诉我。此外，继续傍晚的散步，别放弃。课还有去上的，是吗？工作找得如何了？申请有回复吗？最要紧的，倘若你又开始写优美的故事，像过去那样，一定第一时间告诉我。也许我很快会收到你的喜讯，说你终于决定要当作家了。亲爱的，究竟是什么在阻碍你追逐自己的宏伟梦想呢？尽管我有此一问，不过，前途的事，一如既往，仍然由你自己做主。我只希望你快乐。

我是想你快乐的，狄安娜，可接下来要说的恐怕会令你伤心难过。这并非我本意，可我别无选择。原谅我……

我真的希望能面对面谈信里这些事，但你也看到了，我笔迹潦草，力不从心。我实在没有气力当面详述来龙去脉了。此刻，我唯有一个希望，就是上帝保佑我能把信写完。

从哪儿说起好呢……

其实，即使我知道从哪里开始，也很难开口。事情还得回到二十四年前的一天。那年，你刚满一岁；那天以后，你再也没见过你父亲。

狄安娜，我的宝贝……实际上，你父亲根本没有死。他只是离开了我们，而且，临走还带上了玛利亚，你的孪生姐姐……

这些年来，我努力使你相信父亲已经去世。唯有如此，你才不会像我一样感到痛苦，成长的过程中才不会有被父亲抛弃的感觉。我连墓碑都给你父亲立了。当年我们在圣保罗住时，你每个月都去墓地拜他，从没怀疑过他的死。不过，对你我来说，你父亲其实和死了也差不多。

后来我们搬来里约热内卢，似乎过往的一切都扔在了圣保罗，扔在了过去。我从来没和这里的人说过你父亲还活着的事，也从来没提到过玛利亚。我很清楚，你父亲既然把玛利亚带走了，就不会让我们再见到她。他一定也编了个故事向玛利亚解释，估计和我讲给你听的类似吧。

看到这里，不用说，你一定会问，既然我煞费苦心，隐瞒了那么久，为什么现在又说出一切。事情是这样的……

约莫一个半月前，一位你父亲和我共同的朋友告诉他，我病得很严重。他一定是不希望日后受到良心的谴责，于是把我的地址给了玛利亚。但我猜他没提你，也没提我的病。

从那以后，我开始收到玛利亚的来信，每周一封——迄今已有四封，不过都没写回信地址。玛利亚在信中说，期待尽快与我相见。然而，一周前，她寄了这样一封短信给我：

"妈妈，我再也忍受不了和您分开了。同在人世间却不能与您团聚，那活着还有什么意思！噢，妈妈……我想自杀……玛利亚，3月23日。"

从前几封信看起来，你姐姐是那种朝气蓬勃的人。她居然说出"自杀"这样的字眼，真叫人难以置信。更何况，她有我的地址。我就不明白了，她为何不直接来找我？

玛利亚的短信还不算完。昨天，你父亲打来了电话。二十四年了，他头一次打电话给我。甫一开口，我便明白他是向我打听玛利亚的。他第一句话就问："你知道玛利亚在哪儿吗？"接着，他说，玛利亚离家出走了，大概两个星期前，只留下一封辞别信——随信附上。通完了电话，你父亲将辞别信传真过来。你父亲告诉我，为了寻找玛利亚，他们找了所有可能的地方，问过她所有的朋友，但一点线索也没有，玛利亚仍不知所终。

噢，狄安娜，我的日子已经不多，做不了什么事了。可我十分担心……你是我唯一的希望了。我别无选择，唯有拜托你去找你的孪生姐姐，好好照顾她。

我觉得非常对不住你。你已然如此伤心，我却又给你平添额外的痛苦，还交代你去办这样一件事。可是，舍下另一个女儿不管，又让我于心何忍？毕竟，她一生的时间都祈盼着与母亲团聚。

我深知你有多爱我，因此，你一定会想方设法完成我的遗愿，我毫不怀疑。可我也明白，找玛利亚并非易事。关于她的行踪，一点线索都没有。现在，唯一的希望就是她这几封信了。玛利亚在信中为我轻轻启开了半扇门，让我得以走进她的世界。那是她为自己创造的非常世界，幽远而神秘，仿佛在童话里才会出现，却如此真实。我相信，她不曾让人窥探过这个世界，最亲的父亲、最要好的朋友也没有。所以我觉得，相比之下，我们更有可能找到玛利亚。

我希望你走进玛利亚的世界，追寻她留下的足迹。说到底，谁能比孪生妹妹更适合做这事？又有谁能比孪生妹妹做得更好呢？

我们目前掌握的信息有限，只有玛利亚信中出现的三个名字：泽内普、苏格拉底，以及某个地名。仅凭三个名字要找到玛利亚，显然不够，然而很遗憾，这些已是所有了。

玛利亚的信在古式衣柜里，衣柜钥匙在我的首饰盒里。

狄安娜，我衷心地盼望，玛利亚和你不久就能团聚，一如曾经你俩一起躺在我的腹中。

届时，请写信告诉我……

狄安娜，我的宝贝，现在并非我和你永别的时候，我们什么时候都不会说再见的。你要记住不忘，我会永远在你身边。我非常非常爱你！

妈妈

4月1日

2

狄安娜展开玛利亚留给父亲的辞别信，它也将要化为灰烬了。

亲爱的爸爸：

今天我要离开家了。

你一定奇怪我为何离开。

昨天，我又看了一遍圣艾修伯里的《小王子》。多年之后重新读来，这本书竟然完全变了！唯一没变的，是我最喜欢的人物依然是玫瑰；当然了，狐狸也是，因为他教导小王子要对自己的玫瑰负责。

我觉得自己终于领会了“对玫瑰负责”的含义。也正因如此，我离开了家。

故事最后，圣艾修伯里鼓励读者问自己一个问题，“羊吃没吃掉玫瑰？”他说，读者得出答案后，一切都将改变。

于是，我问了自己类似的问题：

“别人偷没偷走我的玫瑰？”

圣艾修伯里说得对，得出问题的答案后，果然一切都随之不同。可我知道，大人们对此是无法理解的。

我离开了家，因为我的回答是“是的，偷走了”。

我离开了家，我要找回我的玫瑰……

玛利亚

3月17日

狄安娜又转头看着酒瓶。“告诉我，瓶子！”她说着，“告诉我这一切究竟是什么意思……看起来像是一堆疯话，对吗？看了一本书就离家出走……因为一朵什么玫瑰就玩失踪？说的都是些什么啊？找回自己的玫瑰，对玫瑰负责……”

“噢，不，《小王子》中的玫瑰代表什么，我没兴趣知道；玫瑰对那个女孩意味着什么，我也没兴趣了解。我压根儿不关心！我只想搞清楚，一个从未谋面的女孩离家出走了，她莫名其妙想要自杀，最后却要我来付出代价，这是为什么！”

说到这里，她闭上了嘴巴。刚才还对酒瓶嗤之以鼻呢，这会儿怎么又向它寻求帮助了？她不免对自己有些恼火。可这儿还有谁呢？除了这些酒瓶，还有谁会听她说话？

“妈妈说得对极了，”狄安娜喃喃道，“她说玛利亚很特别……果然，她果然与众不同。她从我身边把妈妈给偷走了，而且偷走的方式竟然如此特别。”

片刻的沉寂之后，狄安娜把玛利亚的信揉成一团，扔进火堆。“原谅我吧，妈妈。”她低声说着。纸团渐渐化为灰烬，她静静地看着，脸上没有任何表情。

3

门铃猛然响起，惊醒了狄安娜。铃声尽管悦耳，在宿醉的狄安娜听来，却有如一把利刃穿过她已然疼痛不已的头。

“洛佩兹夫人！洛佩兹夫人！快去开门呀！”

没人应声，她方才想起洛佩兹今天放假。狄安娜撑住沙发，拖着身子站起来，踉踉跄跄地向大门走去。

狄安娜透过门禁监控看到了讨厌的叫门人，原来是快递员加百列。她常收到各种漂亮的鲜花，还有扎着缎带的包裹，都是加百列负责派送的。

她开了门，加百列站在门口，这次手上又捧了一个绑有缎带的包裹。包裹很高，几乎顶到了他的下巴颏。加百列褐色的脸庞，褐色的外套，褐色的帽子，衬着包裹的颜色，倒是相映成趣。

“你好，小姐。”加百列打着招呼，“我这里又有一件礼物，要送给里约最漂亮的姑娘。她是住在这儿吗？”

“加百列，这会儿派送包裹早了些吧？”

“哦，这么说送对地方了。怎么，时间不对吗？”

“现在几点？”

“已经中午了。”

“这么晚了吗？”

狄安娜接过包裹，在快递单上签了名。笔迹龙飞凤舞，一点都看不出来是她的名字。签收完包裹，加百列正要说他例行的告别词——“多保重，待你的追求者再送礼物时，我们再见面”，狄安娜已经甩手关上了门。

狄安娜的一天常在拆收各种包装精美的礼物中度过。可这一次，她对包裹里是什么失去了兴趣，也没兴趣去猜送礼物的人是谁。她把包裹扔在地上，又走回沙发。

经过门厅中的穿衣镜时，她瞥见衬衫上有几滴酒渍，突然又想起妈妈来。这段时间，她经常不经意间就想到妈妈，已经成为一种习惯。不知为何，一些琐事，看似毫不相关，却总能让她回忆起与妈妈共同生活的日子。某种色彩，某个味道，某个字眼，现在是脏了的衬衫……那天买完身上这件衬衫回家，妈妈说了一番话。这些话如今历历在目，仿佛就在昨天……

在狄安娜看来，那不过是寻常购物日中普通的一天。那天，她第一次在商店里犹豫。她考虑再三是否真的需要一件新衬衫，心里还说，今天已经买了很多东西。但到头来她还是挑了一件黄色衬衫。

回家以后，她把衣服拿给妈妈看，根本无意遮掩那上面两千二百雷亚尔的标价。

妈妈瞟了一眼价钱，问她："亲爱的，你看昨天的报纸没？讲的巴黎拍卖会。"

"没看，妈妈。怎么了？"

"笛卡儿穿过的一件背心拍了二十五万雷亚尔。"

"噢，真的吗？真高兴我们没在场。您当然不会买，可不买的话我心里会一直惦记的。不说那些，您看，我这件衬衫比笛卡儿的背心可时髦多了吧？"

"二十五万雷亚尔，狄安娜！"

"噢，好吧，我明白您的意思。您是想说，两千二百雷亚尔买一件这样的衬衫不贵，对吧，亲爱的妈妈？"

其实，狄安娜清楚得很，妈妈心里才不是这么想的。但她希望借助撒娇转移开严肃的话题。事情过去了，她就能开开心心地把新衬衫挂起来，和她的其他衣服放在一起。

"好吧，亲爱的，有一点你说对了，这件衬衫确实比笛卡儿的背心时髦。他的背心既不是缎子的，也不是羊绒的，也不是唐娜·凯伦或阿玛尼的牌子。坦白说，那背心若摆在商场里卖，售价不会超过三十雷亚尔。”

“不管怎样，妈妈，拍卖的成交价还算合理。我是说，那毕竟是笛卡儿穿过的背心啊！”

“是啊，衣服被笛卡儿那么伟大的人穿过，自然就价格不菲。不过，你反着想过没有？”

“您说什么？”

“衣服提高了人的价值……”

狄安娜仰着头想了想，恍然大悟。妈妈又用她那无法效法的独特方式说话了，她是想告诉她：“拥有自我方能与众不同。”

“我懂您的意思，妈妈。可是大家喜欢看我穿着最好的衣服。他们见到我，第一件事就是上上下下地打量，从头看到脚，从鞋子看到头发。之后，他们才会打招呼说‘你好’。一旦我连着两天穿同一套衣服，他们就会用恐怖的眼神看我。

“您以为我喜欢被以貌取人吗？您以为我喜欢别人眼中虚伪的崇拜吗？还是您以为我喜欢他们窃窃私语，谈论我的着装，我的卡地亚，我的玛萨拉蒂，我的这个，我的那个……不，妈妈，我压根儿不喜欢。可您也知道我们的身份，正因为这身份，所以每一个人，每时每刻，都认为我应当把最好的东西展现给大家。”

“这么说，你认为不辜负他人的期望是你的义务喽。是吗，亲爱的？”

“不然怎样？我又不是生活在丛林里，见不到人。”

她调皮地笑起来，又说：“妈妈，承认吧。狄安娜·奥莉维拉这名字已然成为某种标志了。这么多粉丝，他们竭尽所能，赞美我，奉承我，我怎么可以令他们失望呢？”

然而，就在五个月前，自医生吐出那短短几个字的诊断结果后，狄安娜的生活在一瞬间完全改变了。

“你妈妈恐怕不行了。”医生说。

4

摆着药柜的厨房看起来遥不可及。狄安娜觉得，这间屋子一天天见大了：客厅到厨房，厨房到卧室，卧室到浴室的距离都越来越远。一个月了，她没下过下沉式地下室，底下是游泳池，也没上过带天台的楼上，那上面是画室，因此，楼上楼下的空间有没有变大，距离有没有变远，她也不知道。她连去看一下的欲望也没有了。

最后，她走进厨房，给自己倒了一杯水，一饮而尽，然后又倒了一杯喝下，然后又喝了第三杯，这次放了两片阿司匹林。

喝完水，她回到了客厅，走向沙发的时候，手机响了。一声，两声，三声，四声……响到第七声，她决定还是接起来。

“生日快乐！生日快乐！生日——”传来一个年轻男人的吼叫声。

狄安娜迅速挂了线，将手机扔在桌上。

是吗？！真是她的生日吗？怎么没人提醒她呢？

过去，她对生日可是翘首盼望的。她总是提前安排好生日节目，还按庆生的先后顺序记下那些祝她生日快乐的人。

那么多人名中，排在第一个的总是妈妈的名字。

这是她第一个不能和妈妈一起过的生日。以后的每一年生日都将如此……

狄安娜禁不住泪水盈眶。

她走到壁橱边，翻了好几个抽屉才找到日记本。她坐在地上，打开日记本，开始写道：

亲爱的妈妈：

您说过会永远在我身边……如果这是真的，那为何我还如此想念您？

我刚知道原来今天是我的生日……

噢，妈妈……您在哪里？

原谅我，妈妈，我没有尽快回复。自您走后，这是我第一次打开日记本……

不，我并未因您的坦白而恼火。开始时，我可能有那么一点生气，也许还有一点伤心，但很快就过去了。我相信，您不让我知道真相，自有您的理由。

可是妈妈，我很抱歉，我不会去找玛利亚。就因为她，您才在最后那段时间担惊受怕，所以我永远无法原谅她。您知道吗？我甚至没有打开过她的信！我想她也许已经死了……原谅我……

妈妈，您知道我最难过的是什么吗？是我许了诺言却不遵守，因此觉得连让您活在我心中似乎都办不到了。每样东西都让我想起您，这让我越来越痛苦……我觉得无法平心静气地思念您……若非她出现，事情怎会变成这样？

而且，我也没兴趣了解那个男人的事。我相信，您一定有充足的理由认为，对我们母女而言，他无异于已经死了。

不说那些了……妈妈，我还是来回答您的问题吧……

今天是我最后一天上学。我依旧是全班前三名，以出色的成绩顺利毕业了。典礼定于5月19日下午5点。您无法想象我有多希望您届时出席我的毕业典礼……

说实话，这段时间以来，我并没有在傍晚的时候去散步。不过别担心，等我的心不再那么累时，我会马上开始。

至于工作的事……上个礼拜，里约市两家最佳律师事务所都向我伸出了橄榄枝。他们希望我月底之前给予答复，但我还没决定究竟去哪家。

我猜您一定会说，把他们都推掉，当一名作家吧。妈妈，我也很希望那样。可您也知道，假如我当作家，写出来的故事只有您才会喜欢，其他人想必不会认为它们出色。

其实，我梦想成为作家的唯一原因是您给我讲的那些精彩故事。您的故事为我的生活增添了意义，可现在您去了，您的故事也随之而去。您再也不能给我讲故事了。即使我写出了故事，您也不能读了。您再也不会说：“噢，狄安娜，写得太好了！”

妈妈，情况就是这样了。不管怎样，请您放心，我过得很好。

狄安娜盯着日记本看了一会儿。有一瞬间，她以为妈妈等着她的回复，所以才写下这页文字。现在想来实在太荒唐了！逝去的人根本没法看信，也没法接收说女儿还好的消息。

狄安娜合上日记本，走到一个银质相框前，那是妈妈特意为她做的生日礼物，相框四边各装饰着一朵黑玫瑰，都是手工雕刻的。妈妈去世前一个月，把这个相框送给了她。“生日快乐，亲爱的。”她说。看着相框，刹那间，狄安娜意识到妈妈当时有些话没说出来，妈妈克制着自己不说，其实还有两个月才到她的生日。

她抚摸着相框上装饰的四朵黑玫瑰，那是妈妈留给她的最珍贵的回忆。随后，她高声读起了妈妈写在相框里的诗句：

不，并非如你所想
你并未失去我
我通过一切对你说着话，
自回忆的背后……

一滴晶莹的泪珠滚落脸颊。“不，妈妈，并非如您所想。”她低声道，“我失去了您，您也没有对我说话。”

5

狄安娜在包裹旁坐下，幻想着这是妈妈寄来的礼物。她满怀希冀，打开了包裹。包裹经过精心包装，看着就像一份礼物，即便如此，她也没有想到今天居然是自己的生日。

里面是一瓶香槟，心形水晶瓶，附了一张生日贺卡，还有一封匿名情书。她刚想站起来把这些东西扔进垃圾箱，门铃又响了。看来今天她是无法享受安宁了。

门禁监控显示不速之客是她的好朋友，伊莎贝尔和安德里娅。所谓“好”朋友，只是关心她的发型、衣着、娱乐性和受欢迎程度。

但狄安娜心里明白，正是有了伊莎贝尔和安德里娅这样的好朋友，她才有了被仰慕的感觉；有了她们，方体现出自己的特别；有了她们，她才成为“狄安娜女神”。

想着自己欠她们，而且她们已经站在门外，她不能不开门，也不能在门后冲她们讲：“以后再来，现在我不想见任何人！”

于是，她打开了门。

“祝你生日快乐，祝你生日快乐，祝我们的女神生日快乐，祝你生日快乐乐乐!”

待瞅见她脏兮兮的样子，好友欢快的歌声戛然而止。

“你怎么啦，狄狄？！”伊莎贝尔问。

“狄狄，我跟你说过多少次了，别几种酒掺着喝！”安德里娅说。说完，大概是觉得客厅的景象看着不舒服，她拉起伊莎贝尔的手，拽着她快步走向通往天台的台阶，边走边连珠炮似的吐出一大串问话：

“狄狄，今晚不是要开生日派对吗？你怎么没去学校？都安排什么节目了？”

快走到天台时，伊莎贝尔顺手揩了下柚木家具的边角。“喂，奥莉维拉夫人！这灰尘充分证明，尽管整座城市尽收你眼底，你却能无法欣赏这美景。这不太对劲吧，安德里娅？”

“是不太对劲！”安德里娅随声附和。

“好吧，狄狄。”伊莎贝尔继续说着，“你还没回答安德里娅的话呢。今晚有什么计划？”

“什么也不做。”

“什么？！”

“你们知道的，我从不愿让你们失望。但我昨天很晚才睡，现在头痛得快要裂开，所以——”

“可今天你生日，狄狄！”

“我真的不想——”

“你到底怎么了，狄安娜？”伊莎贝尔看着她，声色俱厉，“之前是你把大家聚到一起，如今我们却几乎见不到你的人。我们知道，你经受着痛苦，我们也都理解。可一个人闷在屋里对平复创伤又有何益？你母亲希望看到你这副样子吗？打起精神，振作起来。你是个坚强的姑娘。”

“我不是。”

“不是什么？”

“我很脆弱。”

“不，你不脆弱。你也不能脆弱。你还有很长一段路要走，还有很多事要做，还有很多人生梦想要追逐……可若一直是这个样子，你就没法——”

“我有什么梦想？”

“嗯，你不是梦想成为功成名就的律师吗？”

狄安娜叹了口气，看了看伊莎贝尔，又看了看安德里娅。

她们根本不理解，不是吗？

“伊莎贝尔，我从没想过当律师。”

“这话是什么意思？”

“我只有过当作家的梦想。”

“呃，好吧，那个作家梦想！”伊莎贝尔说。

“噢，得了，狄狄。”安德里娅说，“我们不是小孩子了。我小时候想当歌手。但长大以后，你猜怎么着，我发现自己唱起歌来像乌鸦叫！”

安德里娅这样说着，然而，她脸上友好的神情，自嘲的样子掩盖不了她真正想说的话。

“你用不着操心，安德里娅。”狄安娜说，“我早知道自己写作像乌鸦般糟糕透顶。”

“我不是这个意思，狄狄，我只是——”

“好了，姑娘们。现在没时间斗嘴。”伊莎贝尔说，“今晚到底怎么安排？”

狄安娜和安德里娅都不吱声。

“狄狄，我们真得走了，还要去试毕业礼服。晚上过来接你，8点钟左右好了。你穿上衣服，准备好，这样我们就不必浪费时间了。我们带你去奥林匹亚或达马里奥？你若喜欢，还可以去普拉纳，好吗？只需打几个电话，老朋友们都会过来。这个庆生计划如何？”

“算我一个！”安德里娅叫道。

“嗯。”狄安娜说，“非常感谢你们俩能来……可是今天我就想一个人待着。”

6

伊莎贝尔和安德里娅走后，狄安娜在天台驻留了许久，心想她们对她的了解多么肤浅。多年的朋友了，大家一起开心，一起玩乐，共同度过了许多美好时光……然而，这两个女孩却不了解她，不知道她的梦想。不过，即使谁都不知道她的梦想，也没什么大不了，反正她也打算放弃。

她想起妈妈信中问她的问题。“亲爱的，究竟什么阻碍了你追逐宏伟的梦想？”

狄安娜深知，如果给她一千次生命，每一次生命，她都会想要当作家。选择法律的唯一原因，只不过是因为她担忧的想象，倘若只能成为一名平庸的作家，那将会多可怕……

首先，身边的人会认为她大材小用。尽管如此，他们仍会礼貌地藏起真实的想法，而说她选择的作家职业如何有意思、如何令人兴奋。但其言辞背后，却是反对和鄙视，不久她就会成为流言飞语的对象。人们会窃窃私语，议论“可怜的狄安娜·奥莉维拉”，说她是某个国际酒店集团以及里约最高档酒店之一的继承人，曾经有多风光，是这座城市里年轻人的羡慕对象，得到了所有人的赞美，可到头来她居然当上了作家，写的书没人看。愿意付出一切换取她地位的那些人，将会反过来开始可怜她，认为她虚度了人生。

狄安娜没有告诉过任何人，自己是担心这种情形发生，才选择了身边人均认可的职业。这么看来，朋友们不了解她的真实感受也许是她的错。可她不也曾试着跟她们谈自己的梦想和希望吗？是的，她说过。

但每次她一说，朋友们就会妄加评论，好像她们知道什么最适合她似的。她们总是说出一大堆意见，告诉她应当如何做事情，如何想问题，甚至如何感觉。她们从来没有试着去了解她的真实想法。

孤身一人在这世上，无人了解，这种局面她该如何面对？

为了平静纷乱的思绪，狄安娜决定趁傍晚的时候去公园走走，像从前和妈妈一起散步那样。

7

公园人不多。狄安娜沿离海最近的海岸走着。

曾多少次，她和妈妈一道漫步沙滩；曾多少次，她愿付出一切，只为了再度拥有这种机会，只需一次……

狄安娜沉浸在回忆中，不知不觉已走了一刻多钟。及至从往事中走出来，已经走到停泊着帆船的海港，她便掉头往回走。

她经常穿过公园回家，不仅由于那是条捷径，还因为公园有许多稀奇古怪的人，她喜欢饶有兴致地观察他们。有把头发染成跟彩虹般五颜六色，在身上最不可思议地方穿孔的人；有浑身刺青再也找不到地方文新文身的人……

同往常一样，路上熙熙攘攘，挤满了人：叫卖廉价饰品和俗气艺术品的小贩，刺青手艺人，流浪音乐家，还有乞丐。

狄安娜经过乞丐跟前时，突然听到一个低沉的声音：

“嗨，那个小姑娘！”

她不确定是不是叫自己，四处瞅了瞅，似乎没人当得上“小姑娘”的称呼。循着声音，她看见一个老乞丐望着她，又喊了一遍：“嗨，那个小姑娘！”

她常见到这个男人，一头灰白的髦发，盘腿坐在角落一块草垫子上面。他和身边乞丐同伴们有点不同，一双细小的黑眼睛虽然不停地打量着人群，仿佛在寻找什么东西似的，但他从来不会缠着路人。此外，他那褴褛不堪的草垫一角写着：“算命，九雷亚尔。”

狄安娜有点吃惊。她在这个算命乞丐跟前经过不下百次，以前路过这里时，他从未叫过她。

“叫我吗？”她指着自己，问乞丐。

“你在找她吧。”

“你说什么？”

“就是她！”

“哪个她？”

“你都不晓得，我又怎么会知道？”

“什么？！”

“我是说，她！”

狄安娜摇着头。没必要继续这奇怪的谈话了，毫无意义。或许他就是随便找个人，开开玩笑，乐一乐。或许他想出了招徕顾客的新招，拿她做试验。管他什么原因，狄安娜决定尽快离开。

她继续向前走，仿佛两人之间没有过任何交谈似的。然而，乞丐又喊了一句话，听后，她不禁停住了脚步。

“过来，小姑娘。我给你算算，不收钱。来吧，也许你运气好，能算出来她在哪。”

“我听不懂你说什么，我也不想知道。”

说着话，眨眼的工夫，乞丐指尖轻弹，有灰一样的东西落进他面前的水杯，水逐渐变成浅灰色。乞丐凝神屏气，盯着水面看。旋即，他失声叫道：“噢，上帝！这是什么啊？这是什么啊？她和你长一个样，一模一样！”

狄安娜呆住了，站在那里一动也不动。

“谁和我长一个模样？”她咽了口唾沫，费力地吐出几个字。

“小姑娘，这才对嘛。来吧，坐下。”

狄安娜照他说的坐下。

乞丐把食指伸进水里搅了搅，然后指尖在狄安娜脸上轻点了一下。没等她反应过来，乞丐又说：“随便你找不找她，她就是跟你长得一样，一模一样！年纪相同，身高相等，同样的眉毛，同样的眼睛……”

狄安娜从头到脚打了个冷战，突然间不知道说什么，也不知道做什么了。等等，这其中定有玄机，根本不存在算命或是读心术之类的东西。这个男人说的不可能是玛利亚！

为了证明他不过是个骗子，狄安娜又问："那么，她现在在哪里？"

"在不远的地方。"

"说准确些呢？"她抬高了声音。

乞丐托起她的手，在手掌上倒了一点那脏水。仔细看了有一分钟后，方才说："她从远方来，已经越来越近了。不久她又会离开去很远的地方，但还会再回来。"

接着，他抬起头，目光停在路对面的什么上。狄安娜扭过头去，想看他在望什么。

前面约二十码，一个街头画家在看他们。当意识到他们也在看他时，画家迅速低头装着作画。狄安娜怀疑地瞅着乞丐。

"和你长得一样的那个姑娘，"乞丐说，"有一天会见到那个画家。"

狄安娜跳起来。坐在这儿根本就是个错误。很显然，这个人在消遣她。她早该明白的，打从一开始，他布满皱纹的脸上就露出愚弄人的狡猾神情。

狄安娜起身匆匆离开。乞丐在身后喊着："要看哪，把写的东西打开来看哪。"

打开看！这几个字如同一支利箭，刺穿了狄安娜那颗退缩的心，她犹疑起来。

难道这也是巧合？这句话是指玛利亚那几封信吗？那些信她从未打开过，更别提看了。她脑子转得飞快，脚步却依然向前，没有回头看一眼。

虽然她想快点回家，忘掉刚才的一切，但经过年轻的街头画家身边时，她还是不由自主地放慢了步伐。站着看他画作的当口，她扫了一眼这个不修边幅的年轻人，希望搞清乞丐刚才说那番话的意思。

画家看上去比她大几岁，个子高挑，肌肉紧实，皮肤晒得黝黑，一头蓬乱的棕发。他穿了一件褐色旧T恤，一条蓝色牛仔裤，膝盖处磨出了两个洞，脚上的凉鞋布满灰尘，已经看不出原来的颜色。

旁边一株棕榈树围了一圈铁栏杆，他就把画斜靠栏杆摆着出售。一眼看过去，所有的画都是一个主题——蓝天、大海和海鸥，上面吊着价签，一幅一百五十雷亚尔。绘画所用颜料虽然廉价，不过画得确实不错。

狄安娜的目光从画家看到画，又从画看到画家。终于画家意识到狄安娜在看他，他转过身来看着她。他的眼睛是褐色的，很大。画家问道：“需要帮忙吗？”

“噢，我只是看看。”

“你会看吗？”

“什么？”

“呃，你喜欢这些画吗？”

“我喜欢你对色调的选择。”

画家不说话了。

狄安娜还以为他至少会说一句“谢谢”，自己毕竟恭维他了，不是吗？她觉得有些尴尬，便说：“好吧，再见了。”

画家只冲她摆了摆手。不等到狄安娜离开，他又专注在他的画上了。

狄安娜不想和一个街头画家计较礼貌，至少今天不会。然而，举步离开时，她忍不住心想，这人太没教养了，真是不讨人喜欢。

8

飞蛾绕着房间飞来飞去，最后在灯旁留下一缕轻烟和一阵淡淡的焦味。狄安娜看着那一缕烟，思忖着究竟是什么驱使飞蛾奋不顾身地扑向灼热的灯火。

它一定遵循了某种本能，拼命要飞离黑暗，狄安娜心想。它飞得那么急切，一定是在反抗吞噬它的昏暗。那是一种对犹疑不定的反抗。在火中化为灰烬，和在无尽的黑暗中飞舞一生，两者之间，飞蛾选择了前者。

打开玛利亚的信来看，会不会无异于飞蛾扑火呢？不管妈妈的临终遗愿，能不能从她当前身陷的黑暗中逃离呢？如果可以，她是不是得像那只飞蛾一样，必须面对灭亡的危险，方能逃离黑暗、犹疑和欺骗？

狄安娜觉得脑子乱成一团。她不知道自己为何身陷黑暗，不知道怎么就身陷黑暗了，不知道是谁的错造成了如今的状况……是她的错吗，没有完成妈妈的遗愿？还是妈妈的错，把如此重担托付给她，压在她柔嫩的肩上？或者是爸爸的错，狠心把美满的家拆成两半，母女不能相见？或者应当怪责玛利亚，是她写了那封自私的短信寄给妈妈？或许该怪上帝，是他带走了妈妈？也许每个人都有错，又或许谁都没责任……

狄安娜想不出答案来，她觉得人生如烈马，早就脱缰了。似乎某些不受掌控的事件决定了她的想法、感受和行为；似乎有人在某个未知的地方未经她的同意就擅自决定了她的人生，而她对此毫不知情。

是命运吗？

如果是，难道以前从没说过话的乞丐突然之间说出那样奇怪的话，也是命运的一部分？倘若她现在立刻打开玛利亚的信，这是她自觉自愿的行为吗？或者只是机械地遵守了命运发出的又一个指令？那把她拽向未知的命运啊。也许是与不是两者没什么不同。她不知道。

但有一件事她清楚地知道：她钦佩那只飞蛾。

突然，狄安娜站起来，径直向妈妈的首饰盒走去。她从里面拿出古式衣柜的钥匙，走进房间，打开衣柜，翻出了玛利亚的信。信件被小心地包在一小块布里。狄安娜手上拿着这一小捆信，返回客厅。

她坐在地上，背靠扶手椅，解开了信外面包着的布。一打开，几个信封映入眼帘，四大一小，颜色各不相同。小信封里是玛利亚最后寄给妈妈的那封短信。大信封上是妈妈熟悉的字迹，她根据收信的先后顺序，把信逐一编了号。

信封的颜色依次是红色、绿色、白色和银色。狄安娜发现，前三封都在圣保罗投递，但第四只信封和小信封一样，盖着里约热内卢的邮戳。

这么说玛利亚已经来里约了，狄安娜心想。突然，她记起老乞丐的话来。“她从远方来，”他说，“现在在不远的地方。”

如果玛利亚到了里约，她为何不来见妈妈？她还在这里吗？她以前住在圣保罗吗？

狄安娜正困扰于这些问题时，她发现银色信封，也就是第四个信封，里面空空如也。第四封信跑哪去了呢？又多了一个问题，这下情况更复杂了。

狄安娜冀望能从信中寻找出线索，于是打算将其仔细查看一遍。她拿起了第一封信，这是她第二次看了。

信之一：反抗“其他人”

亲爱的妈妈：

屋外电闪雷鸣，我想起夜晚，由于害怕而浑身发抖，在床上缩成一团。我多想偎依在妈妈温暖的怀抱里躲避风雨啊。

我强迫自己继续习惯这种没有妈妈的生活。没想到，父亲走进我的卧室，对我承认说您还活着！他给了我您的地址，还说我可以写信给您。

屋外的风雨顷刻间显得友好起来。闪电变成了相机快门，记录下我的欢欣。“终于，”我对自己说，“终于，我要和妈妈团聚啦！”

是的，妈妈，这真是难以置信，可一切又都是真的。我很久以前就开始的找妈妈的行动，很快就要画上快乐的句点了。再过整整一个月，我就能见到您了！

离别多年，想到要和您见面，我有说不出的开心。可我也感到，这开心中带着一丝遗憾，因为您还不了解我。

我最近开始写一部小说，希望你能通过它了解我。小说故事源于我的亲身经历，源于我寻找妈妈的过程中的所见所闻。噢，妈妈，在寻找您的漫长过程中，我经历了许许多多。我反抗过其他人，远渡过重洋，甚至和玫瑰交谈过！

真希望马上就送您一本我的小说，可惜还没完成。不过，我极想先与您分享。所以，我打算每周给您写一封信，说一说我寻找您所经历的不同阶段。

我将这几个阶段分别称为“反抗”、“道路”、“涅槃”。

最后一个阶段——“重生”，和您团聚以后我再写。

我就先从“反抗”阶段开始讲吧……

很小的时候，我就常常问自己：“为什么我没有妈妈？”

可是无论我怎么问，也得不到回答。

凡是问题必有答案。但那时我尚小，还不擅长逻辑思维，不懂这么深奥的推理。不过那时我还能听到内心的声音。

“别问‘为什么我没有妈妈？’，”心说，“换种正确的问法，问‘我妈妈在哪里’，去问知情人吧。”

知情人……了解情况的人……有学问的人……有了，我父亲！

“爸爸，妈妈在哪里？”我问他。

父亲犹豫了一下，回答说：“妈妈和上帝在一起，孩子。”

这当然是实话。因为上帝住在最好的地方，妈妈自然是要住最好的地方的。

那么，“上帝在哪里？”我的问题又来了。父亲看着我，仿佛我问了一个世上最奇怪的问题。然后，他回答说：“我不知道。”

我想“其他人”大概知道您在哪里，于是我跑去问他们：“请问您知道我妈妈在哪里吗？”

“你妈妈不在了。”他们说。

“这是什么意思呢？”

“呃，意思是她死了，不在人世了。”

这怎么可能？您死了，您不在人世了。他们怎能如此解释您的离开？我可是强烈地感受到您的存在呢！这时，心又对我说：“你感受到妈妈的存在，那她就一定在。”

于是，我走过去对“其他人”说：“我妈妈还活着！”

这次，他们给了我一个不同的回答：“你妈妈在很远很远的地方。”

我依旧不信，因为我感受到您就在不远处。

于是，他们又说了另一种回答：“你只有去了另一个世界才能见到你妈妈。”

不！一定还有其他答案的。

“我要去找上帝。”我对自己说。我又跑去问其他人是否知道上帝在哪里。找到上帝就找到了您。可我很快就发现，人们对上帝的看法也很混乱。有人说“上帝不在人间”，有人说“上帝在很远很远的地方”，还有人说“去另一个世界才能见到上帝”。

这个问题也肯定有别的答案！不过。这些回答至少说明，我选的方向没错。其他人对“上帝在哪里”和“我妈妈在哪里”的回答明显相似，这说明您确实与上帝在一起。其实，最近我也发现了，寻找您的各个阶段，与寻找上帝的各个阶段没有太大的差异。事实上，两者是一样的。

噢，妈妈……时间一天天过去，"其他人"看到您占据了我全部的心思，就想让我把注意力从您身上移开。他们送我各种玩具，我着实开心了一阵子，但很快又厌倦了。于是，他们又拿来新的玩具，新玩具更好玩、更昂贵、更叫人兴奋不已……

我曾试想，倘若我的玩具不断翻新，倘若我不断拿到更好的玩具，也许这一生我就这么开开心心地活下去了。可我想要的不是这个，不是。我真正想要的是我的妈妈！

您若不在身边，有什么玩具我也不会开心；您若在身边，缺什么玩具我也不会不开心。

于是，我挣脱了玩具陷阱。然而没过多久，我寻找您的努力再次搁浅。请听我细说，妈妈……

我一天天长大，其他人对我的关注也日益增加。悲哀的是，他们不吝言辞，大力赞美我。之所以说"悲哀"，是因为不久我便意识到，他们的赞美，以及我对赞美的渴望之情，已经大大阻碍了我追逐快乐梦想——找到您。

我觉得，倘若总喋喋不休地向"其他人"问及您，他们将很快离我而去。因此，最后我放弃了对您的追寻，享受起他们灿烂且持续的微笑来。

"其他人"的赞美与崇拜如箭雨般淹没了我——后来才发现那原来是致命的毒箭。"你很特别，世上再没有跟你一样的人了。"他们说。我醉心于他们的甜言蜜语，殊不知毒液已然渗进我的血液。

我有时也会质疑。我常问自己："我真的特别吗？"我相信自己很特别完全是因为"其他人"这么说，所以，他们若不告诉我正确答案，我个人根本无法回答这个问题。我的灵魂之镜仿佛破碎了，唯有在"其他人"口中，我才能看到自己的影像。

我终日与他们为伍。于是，每当我有"我真的特别吗"的疑问时，总会听到他们千篇一律的回答——"是的，你确实很特别。整个世间再没人能像你一样了"。

我乐此不疲，一遍又一遍问着同样的问题，然后听到同样的回答。我享受着他们的赞美，如同焦渴的人饮盐水止渴，越喝越渴。

更糟的在后头。为了让其他人继续不断对我进行赞美，我不敢辜负他们的期望，因此不得不按他们所希望的那样活着。不久，我发现自己的生活不再是一直梦想的样子，它变成了其他人为我选择的模式。

心又一次对我说："你很不开心，玛利亚。"

是的，我对自己感到极度失望，其他人的赞美不再让我欢欣。好在，不开心最终积聚成强大的反抗力量，我又踏上了寻找您的旅程。

"我妈妈在哪里？"我大声问着"其他人"。

他们依然一成不变地回答：

“你妈妈不在了。”“她在很远很远的地方。”“你要去另一个世界才能见到她。”

“不！”我反驳说，“根本不是你们说的这样。”

“别人就是这么告诉我们的。”

“万一别人搞错了呢？”

“你四处看看，能瞧见你妈妈吗？能瞧见上帝吗？如果说在这世上能和他们相会，你至少能瞧见他们吧。”

“若只用眼睛看，只怕我要迷失在你们模糊不清的世界里了。”

“拜托，理智一点，你已经长大了。”

“不，我还小。”我说，“而且我永远都会是小孩。”

可是，妈妈，仅仅反抗还不够，还不能把我带到您身边，我得找到一条路才行。因而，寻找的第二个阶段开始了。在梦中，您给我指了一条通向您的道路，您还告诉我到哪里去找知情人。您说，不久的将来，在现实世界中，将有知情人牵着我的手，顺着您指明的路一直走，直到我和您在这世上团聚。

下封信我会跟您讲我的梦。

爱您……

玛利亚

2月14日

9

狄安娜穿上那身绿色亚麻套装，妈妈喜欢她穿这套衣服。她迈着大步跨过草地，向妈妈的墓地走去。快到时，她看到妈妈的墓碑旁立着一个身影，一头栗色长发。她不会看错，那棵悬铃木下只有妈妈的墓地立着碑。今天也不是什么特别的日子，怎么有人这么早就来拜祭？

难道是玛利亚？！

她犹豫了一下，没再走近，而是停下脚步在原地站了一会儿，观察着那位不速之客。

“我究竟在害怕什么？”狄安娜暗自骂自己，继续向墓地走去。她明显感觉到心怦怦地跳，走了几步居然就喘不过气来，但她并未就此止步。她已经离墓地很近了，但拜祭者仍未回头。

又走近了一些，狄安娜看清了拜祭者的脸，不禁松了一口气。原来是艾尔维斯夫人，妈妈的旅伴。狄安娜上一次见她还是在妈妈的葬礼上。艾尔维斯夫人是妈妈最要好的朋友之一，但她远居圣保罗，所以妈妈和她见面的机会并不多。

狄安娜轻轻拍了拍她的肩膀："很高兴见到您，艾尔维斯夫人。"

"噢，狄安娜，你好。"艾尔维斯夫人抱住她，问道，"亲爱的，你还好吗？我打过很多次电话给你，但都没联系上你。我给酒店经理留了信息。她说你很好，只是——"

"抱歉没回电话给您，艾尔维斯夫人。我已经好多了。"

艾尔维斯夫人在妈妈墓前摆放了一束黄玫瑰，狄安娜对着花儿点了点头说："玫瑰很漂亮。"

艾尔维斯夫人眼神中流露出赞同的意思。

"狄安娜，我中午约了人吃饭，之后下午就得赶回去。你愿意的话，我非常乐意带你去我那儿。"

"谢谢，艾尔维斯夫人，我很感激。不过我在里约还有些事要处理。"

"那就随你吧，亲爱的。别忘记我们永远高兴你去家里就行……"沉默了片刻，艾尔维斯夫人拉起狄安娜的手，"狄安娜，坦白跟我讲，你好吗？"

狄安娜没回答，但她脸上的表情似乎在说："怎么会好呢？”

“狄安娜，我想有些话也许你并不想听，但无论如何，我得告诉你……你母亲一向为你感到骄傲。”

“我一点准备都没有，艾尔维斯夫人。一切发生得太快。五个月前都还好好的呢。妈妈虽说病倒了，但看她的行为举止，一点也不像短短几个月后就会撒手人寰的样子。妈妈没有表现出听天由命，眼中的光芒也从未曾暗淡下去，她甚至从不曾抱怨过‘为什么是我’。”

狄安娜眼中满含泪水。

“可我没法像她那样，我办不到。每天早上醒来，我就想：‘为什么是她？为什么是我妈妈？’她不仅是一位好妈妈，她还是……她像一束光，照亮了身边的人。”

“是的。”艾尔维斯夫人说。

“可作为她的女儿，我却从未走近过她的光辉，我从不想被她的光辉照亮……后来，正当我打算改变时，她却永远地走了。”

“改变？”

狄安娜点了点头。

“好一阵子了，我觉得自己应当透过妈妈的眼睛去看世界，去看生活是什么样子。我想要了解妈妈，想变成她那样。我想解开她眼神里、言语中还有生活方式上的秘密……妈妈内心埋了一座宝藏，可我却没想过去挖掘。”

不经意间打开了记忆的门，狄安娜嘴角随着回忆隐隐浮现一丝笑意。“有时候……有时候我跟她逗乐。我说：‘妈妈，快点啊，既然你说我也有宝藏，那就快把钥匙给我啊。’每每这时，妈妈就会摊开空空如也的双手，对我说：‘不在我这里，除了你，谁也不会有钥匙。’”

狄安娜深深地叹了一口气：“我想找到那把钥匙，艾尔维斯夫人，我必须找到它。我想变得和妈妈一样，至少我得对得起她。您知道吗？有时候我会有这种想法：我希望她不曾放手让我走自己的路，不曾放手让我自己摔倒自己爬起；我希望她当初不曾顺着我接受我的行为方式；我希望她和其他母亲一样，努力把我改造成她那样。我想成为妈妈的女儿，艾尔维斯夫人，我真的想！”

狄安娜泣不成声，艾尔维斯夫人紧紧抱住她。

“噢，狄安娜，你就是你妈妈的女儿。你跟她十分相像，我还从未见过有哪个女孩这么像自己的母亲的。永远不要质疑这一点。我和你共处的时间也许不多，而且这些话似乎是为了安慰你而说的，但是，请相信我，我对你很了解，狄安娜。我从你妈妈那里听说了不少关于你的事。她了解你比你了解自己还要多。”

狄安娜止住哭泣。“我妈妈跟你说什么了？”她悄声问。

“去年我们一起去亚历山大旅行，途中她讲了很多关于你的事。她说你渴望有所成就，说你不喜欢现在拥有的一切，还说你一天一天过得越来越不开心。”

“嗯。”狄安娜垂着头，小声说，“是的。大约一年前，我开始觉得不快乐。我还以为自己掩饰得很好呢！我不希望看到妈妈为我伤心，况且我这种不快乐实在是没来由。妈妈向来能洞悉我内心的想法，这次她也看出来了吧。不过她怎么一点都没跟我提呢？我真的想不明白。她心里一定异常难过吧……”

“难过？我可不觉得。”艾尔维斯夫人打断她的话，“她说那些话时，眼睛熠熠生辉。”

“熠熠生辉？”

“是啊，她看上去非常高兴，还说：‘我能看出来，对我女儿来说，十月雨越来越近了。’事实上，她打算邀你一起参加我们下一次旅行呢。”

“十月雨？你是说你们每年十月份都去的那个旅行吗？那神秘之旅？”

艾尔维斯夫人点了点头。

“我一直好奇你们的旅行。”狄安娜说，“每次我要求同去，妈妈都不让。你们回来后，我问妈妈和旅行相关的事，可她每次只说：‘我们用心聆听，然后获得新生。’”

狄安娜看着艾尔维斯夫人，目光恳切。“从前，我只是对你们的旅行感到好奇而已。可几年前，我开始觉得这些旅行不简单，一定藏有秘密。因为妈妈的光辉似乎就是源于这些旅行。我想，若能多了解一些你们的旅行，就能更好地了解妈妈。艾尔维斯夫人，在这方面，如今您是唯一能帮我的人了。请您告诉我，你们在亚历山大都做什么了，还有在雅典、耶路撒冷、菲斯（Fez摩洛哥古城）、泗水（Surabaya，印尼城市）……”

艾尔维斯夫人躲避着狄安娜的目光。她似乎后悔聊到了这个话题。

“狄安娜，我一向钦佩你妈妈精彩的语言表达，她用了最优美的文字：我们用心聆听，然后获得新生。”

狄安娜明白坚持也没有用，便说：“好吧，我能理解……可以再问您一个问题吗？”

“希望别像刚才那个一样难回答。”艾尔维斯夫人笑着说。

“艾尔维斯夫人，我妈妈在哪里？她在哪里？我想知道她怎么样了。相信您一定有比我更好的答案。”

艾尔维斯夫人沉默了一下，然后说：“我初次见到你妈妈时，你就在她身边，一遍又一遍地问她类似的问题。你问她父亲在哪里。你亲爱的妈妈是这样回答的：‘你爸爸和上帝在一起，孩子。’”

听到这，狄安娜突然想起，自己问艾尔维斯夫人的问题正是玛利亚这些年来一直追问的。她有些奇怪艾尔维斯夫人如此作答，她是不是知道父亲的事。但狄安娜也不确定，她便忍住了没提玛利亚。

“人们说‘她和上帝在一起’，以为可以哄住失去母亲的孩子。可我已经不是小孩了，艾尔维斯夫人，请您告诉我实话。我妈妈不在了，是不是？”

“说来哄孩子的话并不一定错啊，狄安娜。你妈妈生前在哪里，如今就在哪里。她与上帝同在。”

狄安娜垂下目光。

艾尔维斯夫人温柔地抚摸着她的肩膀，说道：“亲爱的，我先走了，你和你妈妈可以单独待会儿。记住，我们家永远为你留着地方。”

狄安娜紧紧拥抱着她，说道：“谢谢你，艾尔维斯夫人。我会尽快去看你的。祝您一路顺风。”

10

艾尔维斯夫人转身离开了。狄安娜目送她离去，等她走了一段距离，估计已经听不见她的声音了，才挨着墓碑坐下来。她双手按住胸口，默默地祈祷了一会儿。虽然明知妈妈不可能听到她说话，狄安娜仍然以和妈妈说话的口吻说道：

“妈妈，您听到艾尔维斯夫人说的话了吗？她说我比任何一个女孩都像自己的母亲。她真是善解人意，可有些事她大概还不了解……

“我想跟您说，昨晚我看了一遍玛利亚的信，不过看完就摆在一边了。当时，履行承诺的念头还在我脑中闪了一下，不过我想大概太晚了而且我也办不到，妈妈。别问我个中缘由，我就是办不到。

“虽然我不打算遵守诺言，但有件事我仍旧很想知道：您在看玛利亚的信时，心里是怎么想的。您是不是跟我想的一样呢？您是不是也觉得玛利亚不太正常？当初您只说玛利亚很特别。我想，您之所以用‘特别’这个词，大概是担心我会因此而拒绝去找她，是吗？

“我很想知道，您说的‘特别’究竟是什么意思。通常来说，‘特别’的意思是‘唯一，仅有’，也就是说世上不存在与之相同的事物。但您想表达的肯定不是这个意思，对吗，妈妈？您并不认为玛利亚比我更配当您的女儿，是不是？

“确定无疑的是，玛利亚疯了。您看过她的第三封信吗？她说她细听玫瑰的呼吸，感受微风吹拂过房间，看到处处光芒闪耀……还写到她与玫瑰交谈？这不是精神病的症状是什么？玛利亚说的那些其实不过是她的幻觉。相信我，妈妈，我学过心理学。

“而且，玛利亚在第一封信中提到的那些事，还有她宣称的小时候能听见自己心灵的声音，这些本身也足以说明她不正常。她那时候还那么小，可能对生活有如此敏锐的洞察力吗？

“再来看她第二封信中描述的梦境，梦见您出现在她梦中，告诉她去某个花园，拜访某个人，并与某株玫瑰交谈。然后许多年过去了，她去了梦中您所说的地方，也做了梦中您让她做的事。她找到您说的那个知情人，而且她在那儿学习与玫瑰交谈！这一切可能是真的吗？

"好了，不说玛利亚了，妈妈，您用不着担心她。大脑不正常也许生活得更无忧无虑。您也别为我担心。也许我会经受痛苦，因为我是个正常人，也许我无法说服自己相信并未失去，也许我仍时时想起您不在人世的悲伤事实……不过，妈妈，尽管如此，我也不会发疯。我不会逃避现实的，我也不会给自己描画虚幻的世界。我已经是大人了，我成熟了，而且，我以后也不会变得幼稚！"

狄安娜站起身来。"总有一天，"她最后又说，"我会抚平一切伤痛，成为合格的女儿，您的女儿。"

11

从墓园回来后，这天多半时间狄安娜都在睡觉。其实有很多事等着她去做——付银行账单，准备毕业典礼，回复电子邮件，等等——她把这些都往后推了。

她什么也不想做，可是干坐着无所事事却平添了内心的空虚。最后，她决定到海边去走一走。

公园里的人比昨天多了许多。她找了一处僻静角落，坐看孩童给海鸥扔食面包，然后又起身在周围散步，走了一会儿，她又坐下来，观赏起夕阳缓缓沉入海那边地平线的美丽景色。

回家时，她又抄了近路，希望经过公园时乞丐能看到她，给她一点提示，希望借提示想明白他昨天那番话的意思。

乞丐依然坐在原来的地方。走近后，她看到他和往常一样，打量着周围的人。狄安娜在乞丐面前停住脚步，迎面直视着他。但令她诧异的是，乞丐居然不予理会。他继续左右环顾，看着路人，仿佛昨天根本没和眼前站着的女孩说过话似的。

“嗨，今天不打算给我算命吗？”

乞丐一副听不懂她说什么的表情。

“我认识你吗？”

“你不记得了？是我呀。”

“我能看到是你，可你又是谁？”

狄安娜此时确信无疑了，乞丐昨天真是在愚弄她。她气愤地立即掉头走开了。

没走几步，她看到了那个画家，他正忙着画画。昨天的旧衬衫还穿在身上，下身着一条蓝色牛仔裤。正挥笔的画看起来与昨天的画面没太大不同，只是澎湃的海浪拍打出的泡沫更多了些。

“你今天气色好多了。”画家对她说。

狄安娜心想，这种打招呼的方式可真礼貌。不过，听他这么一说，她不禁暗自心想自己昨天的气色有多糟糕。

“看一看画吗？”

“依我看，你正在画的这幅没太多改变。”

“海浪更显愤怒了，这难道不算改变？”

“噢，当然了，当然算变化。”狄安娜说，“与昨天的画完全不同了呢，简直就像是另外一幅画！哇哦，太叫人吃惊了！不过加了寥寥数笔，这海浪竟然就有了灵魂，向人们展示了它的内心世界。哇哦，画得太好了！”

“和你的一样？”

“什么？”

“你正经历着一番风雨，内心也有波涛汹涌。”

听到画家这么说，狄安娜不由得为之一震。她耸耸肩，说道：“对不起，我没想挖苦你的意思。”

“没什么。说真的，你从这幅画中看到了什么？”

“嗯……我注意到一点，你还没加上海鸥，其他画中都有一只海鸥翱翔。”

“我得说你观察得相当仔细。”

“嗯，大家都这么说。”狄安娜一本正经地回应着。

这个人虽然外表邋遢，言辞粗鲁，但似乎受过教育。

“你还在念书吗？”她问。

他摇头。

“那就是已经毕业了？”

“我以前是学经济学的，后来辍学了。”

狄安娜看着她，表情似乎在询问他“为何辍学”。

“有一天，我突然发现，如果就这样一直听经济学教授讲下去，我的画技恐怕永远也提高不了。好在我发现得还不算晚。”

“干吗不边画画边继续学业？”

“问题不在于时间，而是每完成一幅新作，我都觉得不如前一幅。”

“前面的好在哪里呢？”

“这么说吧，我跟别的画家一样，喜欢用画体现内心世界。日子一天天流逝，可我的画却一点点黯然失色。所以，可以说我退学是为了寻找初始的色彩。”

狄安娜的眼神露出赞许。“我得说，这需要相当的勇气。”她伸手说，“我叫狄安娜。”

画家握了握她的手，仅此而已。

这人又这样了！他显得对她毫无兴趣，既不说自己叫什么，也没有礼节性地回答“很高兴认识你”。和连名字都懒得说的人，她已经讲得太多了，继续交谈下去也不会有什么结果。于是，狄安娜借口有约会，嘟囔了句“再见”，走了。

然而，回家的路上，画家的言辞一直盘桓在狄安娜的心中：失色。画家失去了原来的色彩，狄安娜想，那自己又丢失了多少妈妈的色彩呢。

12

狄安娜从视线里消失以后，乞丐对着画家招了招手。昨天，画家曾走到乞丐身边，问了他一些事情，都是针对他为其算命的漂亮姑娘的。

乞丐听了画家的问话，咧开嘴巴笑嘻嘻地说："别问了，小子。我和顾客之间所有的谈话内容都是不能泄露的；说完就过了，就当随风飘走了。你要是想知道，自己去问那个年轻姑娘呀。不久她还来，就明天，她会再来的……你看你，怎么叫我这样一个傻老头帮忙呢？你年轻，懂艺术，长得还英俊，跟我一样。难道还需要我去迷惑那个年轻姑娘？"

画家略显尴尬，他竭力为自己辩解道："因为我看到你们两个人都望着我，我当然要奇怪为什么看我了。”

“别逗了，小子。你这双眼睛，可是瞪成铜铃般大，她走过来时一直盯着。死死看着她的，不是我的眼睛吧？我不用算卦就知道，你第一眼看到那个年轻姑娘，就想认识她。我说错没？如果错了，尽可骂我个狗血喷头！”

画家这下不知说什么了，尴尬之余，随便说了几个理由，就走了。他明白了，从这个老乞丐口里撬消息，不容易。

然而，这会儿乞丐却朝他招手，脸上还露出友好的笑容。他脑中闪过一个念头，也许乞丐今天决定要跟他说一些狄安娜的事了。画家打算今晚再去找乞丐，碰一碰运气。

13

画家小心翼翼，把两瓶果汁摆在草垫中央，那是他刚从吉普车载冰箱里拿出来的。乞丐昨晚就说过，别空着手过来；他还嘱咐他等公园人不多的时候再来，以免赶跑客人，耽误他的生意。

“有空招呼顾客吗？既然……”

“我这儿对所有人敞开大门，前提条件是别问太多。”

“好吧，好吧。今晚我不会问很多问题的。你是怎么知道她今天会再来这里散步的？你算卦了？我先声明，我没钱，九雷亚尔也没有。”

“我才不信什么占卜算卦。”乞丐说，“人们总想知道自己的未来，我就算给他们听喽。不然我能怎么办？我总不能说‘别问我，活到那时候不就知道了’。”

“你的意思是，其实你根本不会算命？”

“注意你的言辞，年轻人。我可是正派人，尊重自己的工作。算命，只是这个游戏的一个代号，一种说法。灰、罐子、水，都是道具。你得给人们表演一番，就好像他们在电影里看到的那样。即使我说的一切都是事实，倘若不使变戏法的招，人们可能也不相信。我说过了，算命只是个说法，我真正做的是察言观色。是的，我观察人们的脸，一切都写在上面呢。”

“这又怎么说？”

“举个例子吧，你和那个小姑娘说话时，我仔细观察了她的脸部表情。你知道我看出什么来了吗？从她脸上，我看出她喜欢你的画。呼卡普卡（咒语），不久她会再来。这就是我给你算的卦。”

“你是说她来散步其实是为了见我，散步只是个借口，是吗？”

乞丐耸耸肩：“我哪能了解小姑娘的心思，我也不是心理学家呀。缘由我是不清楚，我只能算出结果。不过，这些暂且先不谈了，和我说说你吧。嗯，小姑娘人长得漂亮，各方面条件都不错，但你是谁呢？你从哪来？要到哪去？你的脸看起来可有点像流浪汉呢！”

“嗯，有点吧。我从巴拉那瓜来，现在沿海一路作画，再画回去。你看那幅，是我夏季系列的第一幅作品。按计划的话，其实昨晚就该完成的，而我现在也应当身在三十英里外的第二个驻扎点了。可是……接下来的事我就不说了，你都知道了。”

“见到那个年轻姑娘后，那幅画才没法完成的，对吧？噢，老天，爱情是最甜蜜的。不过，无论追求还是被追求，总会伴着些许酸涩，啊？这很好，小子，很好。就在那幅画上多花些时间吧。”

乞丐将一天所得从钱罐里倒到草垫上，又用钱罐倒满果汁，摆在画家面前，自己则从瓶子里喝了一大口。

“你说的那个‘你的’巴拉那瓜，那里乞讨怎么样？”

“那不清楚。其实也不能说是‘我的’巴拉那瓜。我出生在圣保罗，在美国读了一段时间大学，确切说是在波士顿，后来退学了。之后我就搬到巴拉那瓜，和一个朋友住一起。”

“朋友们对你退学有什么看法？我听说大学毕业的挣钱挺多的，呃？”

“家里不指望我养家，他们生活很富足，但对我有其他方面的期望。他们希望我能成为优秀的银行家，或是沿着那样的路线发展。我就读的是哈佛大学，所以退学让他们很震惊，着实大惊小怪了一番。可我别无选择，我必须画画。”

“哈——佛，呃？天哪，天哪！如雷贯耳。我打赌你一定跟小姑娘提过这个了。”

“没有。”

乞丐奇怪地瞪着画家。

“小子，给你三个选项：一、你是个傻瓜；二、你不想吸引那个小姑娘；三、你是个傻瓜。你选哪个？”

画家笑了。

“小子，你究竟在干什么？”乞丐问道，“难道你希望她当你一事无成？当你是一个牧羊人，赶着一群‘卖不出去’的画？你得告诉她你的背景。如果你自己不主动展示，她又怎么能了解呢？”

“我说不清。我不确定自己是否希望她以不同的眼光看我，而这仅仅是因为我在哈佛上过学。我不希望她是因为我的身外之物爱我，这对我来说和惩罚无异。”

“什么？！什么爱？什么惩罚？

“如果她喜欢我，只是因为我上过哈佛，那我宁可她不喜欢。因为我不等同于我的教育背景、职业、头脑……所有这些都不是我。”

“那么，小子，你认为自己是谁呢？”

“呃，我只不过是……我就是我。”

“小子，你到我这来是为了听建议。你看她，太阳眼镜架在前额，显得多时髦啊。‘哈佛’这个名字，在她听来一定顺耳。跟她讲‘哈佛’，或许你的好运就来了。”

画家摇摇头：“不，太冒险了……比我优秀的大有人在，和我一样的却绝对没有。你知道吗？每个人的指纹都不一样。我觉得，除了外在的手指上的指纹，人的内心也有指纹，只是人们往往戴上了时髦的‘手套’，把它遮上了……”

“噢，老天！可怜的孩子，现在又开始说起什么‘手套’来了。”

“对不起。”画家笑着说。

“那么，你希望那个小姑娘做什么？”

“我也不知道。你觉得她明天能来吗？”

“抱歉，小子。算命的话就付九雷亚尔。对不知道自己想要什么的人，我不能免费。”

“你说得对。”

沉默片刻，画家说：“好吧，我走了。”

“随你吧，小子。下次来时带瓜拉纳（又名巴西可可，亚马孙地区特产的一种野莓，含大量咖啡因）。说一下，要大瓶的。”

画家把画装上吉普车，然后躺倒在躺椅上，伸展开四肢。头顶是一片璀璨的星空，一轮盈月照向大海，波光粼粼的海面折射着月光，交相辉映。明月在水面投下的光辉不间断地铺向远方，一直延伸至水天交接的地平线。

看着眼前的夜景，画家心想，自己怎么会迷恋上这个女孩呢？她脸上并没有自己苦苦追寻的光芒！

14

漫长且无所事事的一天又过去了，狄安娜坐在家里，凝望着妈妈的相片。

“妈妈，如果我改变主意，去找玛利亚的话，情况会变得不同吗？您真认为，仅仅凭借一个名字就能找到玛利亚吗？而且是一个教玛利亚和玫瑰说话的女人的名字，还在多年之前！”

狄安娜胸膛起伏：“即便我跋涉千里，去到了那座宫殿所在的国度，即便我在宫殿旁边找到了那个女人的宾馆，那个女人如今是不是还在人世？即便她还活着，她还能不能记得那么多年前住在她宾馆里的外国女孩？好吧，即便她真的教玛利亚和玫瑰说话，而且她也确实清楚地记得，但和玫瑰说话这种事可能吗，妈妈?

“而且，即便她还记得玛利亚，她能知道玛利亚现在在哪吗?

“假设我真的去了，我彬彬有礼地问她：‘对不起，夫人，请问您是否记得，很久以前，一个女孩来过这里，她叫玛利亚。您还有记忆吗？您教她跟玫瑰说话来着……请您告诉我，哪儿能找到她？’

“妈妈，您觉得她听了我的话会如何作答？很可能会是这般情形吧：一开始她能保持着微笑，但我执著地问着同样的话，问宾馆的员工，甚至问入住的客人，她大概就会面带微笑，很有礼貌地请我离开。我坚持着，对她说，得不到玛利亚的消息，我就不离开。她也不会动粗把我扔出去，但很可能直接通知巴西使馆。接下来到了使馆，我依然不肯罢休，使馆的工作人员手忙脚乱，我还不依不饶地问：‘玛利亚在哪？玛利亚在哪？玛利亚在哪？’

“接着又会发展成什么样呢？我猜想，使馆一定认为我疯了，他们会把我送上第一班回家的飞机，往我手上塞一份精神错乱的鉴定报告。飞机降落时，机场会等着一名身穿白大褂的男子，一看到我就拽住我的胳膊，把我押送到最近的精神病院。

“嗯，妈妈，这恐怕是个好消息呢。因为精神病院是唯一能找到玛利亚的地方。”

15

仿佛里约所有个子高挑、栗色头发的姑娘都聚到公园里来了，而且都长得像极了狄安娜。可待她们走近，画家却一次又一次失望。他已在同一个地方等了两天，没再看见狄安娜出现。

他怪自己为了一个女孩打乱了计划，更不应该的是，他明明知道这个女孩不是自己要找的类型，可他硬是迈不开离去的步伐。

在爱情这个游戏中，他一次又一次寻找真爱，结果却是一次又一次失望而归，最后终于不再抱有希望。信心不再后，他很久不曾碰过恋爱。期间，他逐渐意识到，每一段新恋情的开始，都不可避免地意味要经历一次分手。于是，他决定过单身生活，摆脱爱情带来的纠结和苦恼。

以前，他总把每次分手看做是下一段恋爱开始的预备序曲，从没想过自己会失去什么。可不久前，他逐渐感悟到，其实前段恋情或多或少都会留下一些印记，不知不觉便会带进下一段感情。

此外，他还感悟到一点，大多数人认为，一段感情结束时，自己总是受伤的一方。人们觉得，自己付出了很多，而对方并没有同等的付出。

三年前，他和女友分手时也是如此。分手后的几个星期里，他苦苦思索两人之间的分歧。为什么彼此都认为自己才是受伤的人呢？一天，当他无意中捕捉到两只海鸥翱翔的景象时，方才找到寻寻觅觅的答案。

那天，他在离住处不远的悬崖边支起画板。正沉浸于作画的乐趣中时，一只海鸥引起了他的注意。海鸥从旁边的崖壁上腾空而起，俯冲向海面。几乎同时，另一只海鸥也从对面的崖壁上跟着展翅飞起，扑向同一处海面。两只海鸥将要触到水面，碰撞到一起时，它们经过熟练的一连串调整动作后，又重新飞回了天空。它们似乎用翅膀彼此环抱，你呼我应地飞翔至一个新的高度，比之前起飞的悬崖还要高的高度。

观看着两只海鸥翱翔的这一幕，画家不禁心想，要投身恋爱，或许先得撇清之前的一切恋爱关系吧。

然而，多数人开始新恋情时，都难以放下旧情结。过往留下的无论是猜疑、误解抑或戒备，都会妨碍他们心无旁骛地享受新恋情。也许他们认为的没错，他们的确在曾经的情感中被伤害，但他们没有意识到，伤害自己的也许并非对方，而是自己无法抛却的过去。

两只海鸥从不同的悬崖飞起，抛开“过往”，俯冲至海平面，降到对每个人而言都是“零”的起点，抛却彼此的分歧，解开束缚。正是如此，海鸥才能相互紧紧跟随，一齐冲向天空。

自那以后，画家便有了画海鸥的习惯。但如今，他笔下的海鸥厌倦了独自飞翔，它渴望俯冲向海面，与同伴齐飞的那一刻。这片海岸也许不适合它俯冲，但它无法离开，只能整日盘旋在天空中。

天很黑了，画家心想，狄安娜今晚应该不会来海边了。

16

狄安娜睡得并不踏实，梦一个连着一个，连半个钟头都没睡到。她努力想遣散脑海中残存的宫殿和玫瑰园的片段，然而无济于事。既然甩不掉，她便试着回想，希望将片段拼凑完整，自己也好有个全面的了解，可同样枉然。

她起身套上运动服，穿好运动鞋。也许到公园小跑一下，或是和那个画家闲聊片刻会好一些。

老乞丐仍旧坐在草垫子上，他那种气势不像乞丐，倒颇有种君临天下的感觉。看到狄安娜走过来，他立刻数起硬币来，好像他今天还是想装作没看到狄安娜。狄安娜并不在意，她已经不指望从这个乞丐身上听到什么解释了。

画家在老地方，忙着完成他的画。

“你好，今天你的画色彩怎么样？”狄安娜问道。

“很好。你呢？”

“我想也很好，某某先生。”

“叫我乔恩或马赛厄斯，哪个都行。”

“你有两个名字？”

“有点儿人格分裂，可以这么想。”

“你的意思是……”

“马赛厄斯希望活在这个世界上，纵情享受，而乔恩却想要逃离尘世。”

“逃到哪儿去呢？”

“我不知道，俗世之外的地方吧，也许。”

“哦，这样啊……马赛厄斯，这名字不怎么常见。”

“嗯，大家都这么说。”马赛厄斯说，上次交谈时狄安娜跟他这么说过的。

狄安娜笑了，转过身去看画。画布上依然不见海鸥，她便知道，这幅画还没完成。狄安娜看了好一会儿，却不知道找些什么话来说。

她不说话，很可能就会离开，马赛厄斯不禁着急起来。为了多了解她，马赛厄斯不仅改变了自己的行程，而且这几天来一直住在廉价汽车旅馆里——洗澡是凉水，马桶是坏的，冲不了水，床垫凹凸不平，又硬又窄。

“呃，”马赛厄斯说，“你也看出来了，我今天没什么灵感。我正打算去那边的咖啡馆喝杯咖啡，换换脑子。你要一起吗？”

狄安娜稍作迟疑，然后满不在乎地说：“好吧，我想可以。反正我也要歇一歇，喘口气。”

马赛厄斯小心翼翼地把画笔搁回画架上的笔槽，说道：“走吧。”

走到咖啡馆旁边，马赛厄斯才发现，这里比他原以为的要奢华得多，或者说这里的奢华完全在他预料之外。

17

精致的真皮桌面，蜡烛摇曳出别样风情，连角落里的灭火器都是镀了铜的。这样的场所，人们会欣然付上二十五雷亚尔，惬意地坐在拉花铁椅上，一边喝着咖啡，一边轻言细语地聊天。即便在里约住上一百年，马赛厄斯也不会想来这种地方。可遗憾的是，附近没别的咖啡馆。

他们找了一张桌子刚坐下，服务生就过来了。

“两位需要点什么？”

他们点了法式香草咖啡和浓缩咖啡，服务生拿了点单，迅速走开了。马赛厄斯环顾着四周说：“真是个激起创作灵感的地方！”

“灵感，呃，说起来，”狄安娜说，“我曾经也画画。不过我得承认，从未闪现过灵感。我想，这大概就是画家和画画的人之间的差别了吧。”

“我并不认为灵感是必不可少的。”

“你不认为？”

“对我而言，作画的时间比作画本身更需要灵感。有的画只需几天工夫，而有的即使耗上数年也未必能完工，而这些画之间的差别其实并不大。

“噢，对了，我一直想问你来着，为什么你画的都是大海？你从不画别的吗？”

“不画，最近没画过别的。几年前，我一度情绪烦躁，自那以后，我就只画海了。”

“可以问一下，是什么让你烦躁吗？”

“挺复杂的，起因是一段情感的破裂。那段时间里，有时候，我会想，不管谁走近我，我都想拿根棒球棍赶跑他；可到了第二天，我又会觉得身边离不开人。最后，我决定把心中汹涌的‘波涛’一股脑倾泻到画布上，绘成一幅幅海景图，期望这些画能够平息我的内心，我也能更好地了解内心的自我。”

“那海鸥又是怎么一回事呢？”

“说来话长。恐怕你不一定想听。”

“说说也无妨。”

"一定得说吗？"

她的目光透着坚持，于是，他开始讲那天目睹两只海鸥从悬崖冲天而起的情形。他没讲太详细，但狄安娜能理解他画中孤零零飞翔着的海鸥的寓意。

服务生将咖啡小心地摆在他们面前的桌子上，然后询问要不要其他的食物。他们摇摇头，服务生便欠身走开了。

"你现在仍在画海。是因为你的烦躁还没完吗？"

"噢，已经结束了。只是那段时间里，我悟到一些东西，我觉得自己总是喜欢画不同的事物。"

狄安娜听糊涂了。几分钟前，他还说只画大海呢，可现在他又说喜欢画不同的事物。

"当我一幅接一幅画着同一片海岸的景色时，我发现，原本以为变化最少的，却居然是变化最多的，大海就是这样。"

"和你一样？"狄安娜问道，想起马赛厄斯早些时候提到过的他和大海之间的关联。

"是和所有人一样。每天照镜子，人们都会以为镜中的是同一个人；多年后朋友再度相逢，朋友也会以为看到的是几年前的那个人。"

"就是这样呀。"狄安娜说，"即使他们注意到你有一点变化，通常是体重或发型的改变……"

"没错，他们从没想过，眼前站着的这个人或许是一个崭新的人……我个人认为，有的人短短几天就会改变。"

狄安娜低下头，想起最近发生的一切，自己的生活确实改变了许多。

马赛厄斯轻轻碰了碰她的胳膊，问道："对不起，我是不是说错话了？"

"不，不。只是因为你的话，我想起一些事情来，没事的。"

马赛厄斯手肘撑着桌子，向她凑近一些说："何不说出来呢？"

"呃……可能已经晚了。"

服务生又过来了，询问还需要点什么。狄安娜问马赛厄斯："你要什么？我想吃点巧克力饼干。"

"嗯，听起来棒极了，那我也要巧克力饼干吧。"

"很抱歉，"服务生说，"刚给另一桌上饼干时，得知现在只有两块巧克力味的了，只够一份的。要不我把一份分开，你们一人一块，另一块上香草饼干，好吗？"

二人虽勉强，但还是同意了。

18

饼干仍未端上来，但两人已相谈甚欢，顾不上抱怨这些。不过，马赛厄斯想催促一下服务生，免得仅剩的巧克力饼干被其他客人要走。正要开口，服务生过来了，手上端着两只碟子。

狄安娜咬了一口香草饼干，问马赛厄斯："你有什么目标？我是说绘画。"

"我只有一个目标，那就是绘画。"

"我觉得目标的意思是指将来，你不这么认为吗？"

"所谓将来，"马赛厄斯笑着说，"嗯，有句俗话说得好：'只要时间一直向前，我们为之痴迷的将来就只是尚未打开的过去。’”

他咬了一口饼干，第一块拿的是巧克力味的。这一番话，狄安娜会作何感想呢？

狄安娜默然，少顷，她说：“我想你的意思是说：将来的某一天，相对其次日而言，就是‘过去’。而次日总会到来，因为时间永远向前……因此，人们视之为‘将来’的每一天，事实上只是延迟了的‘过去’，一段尚未被时间开启的过去……我理解得对不对？”

“这解释太贴切了。”

“可是这么说似乎过于抽象，太哲学化了，而且我觉得，放到日常生活中没什么现实意义。”

“嗨，”他笑着说，“你问那样的问题，我是为了回答你呀。”

“噢，不好意思。”

“其实，我想说的是，希望在实实在在拥有的时间内实现目标。也就是说，在当下，在现在。这也是我选择绘画作为唯一目标的原因。”

“可你总有长期计划吧？”

“是的，我的确有个计划。我打算回到曾经居住的小镇，离巴拉那瓜不远。我想沿着海岸，一路画着画过去。夏天结束的时候，我打算在某个驻足采风的地方举办画展。”

这么说来，马赛厄斯不是里约人……其实她早就猜到了。

不过马赛厄斯提到“曾经居住的小镇，离巴拉那瓜不远”时的语气，就好像在说无关紧要的事，这让狄安娜内心漾起熟悉的感觉。孤独。

“还有，”马赛厄斯的话打断了她的沉思，“我已经给画展想好了主题——《巴西多变的海》。”

“听起来不错。”

“但我不知道计划能不能按时实现，因为太多事情没法确定了……即便我按时实现计划了，有没有足够的资金运作画展？即便有资金，能不能找到合适的举办地点？即便有了地方，能不能得到有关部门的批准？即便得到了批准，能不能负担起宣传的费用？即便有能力宣传，会不会有人关注我的画？即便有人对画感兴趣，我会就此满足吗？倘若一切都按部就班、如愿以偿地进行，我会开心吗？这开心又能持续多久？即便能开心一阵子，可开心的同时我很可能会感到忧心忡忡，害怕这开心哪一天就没了，我该如何避免这担忧呢？一大串不可或知的事，一件又一件——”

“又一件……”狄安娜应声附和着。

“你现在了解了吧，我将绘画作为唯一目标的原因。”

“那么，如果说你的画展真的举办了，地点设在哪儿？”

“我还不确定。不过，计划伊始我就打定主意，要在画出我最好作品的地方办展。”

这时，两人都吃完了一块饼干。狄安娜的碟中剩下一块巧克力饼干，而马赛厄斯的则是香草饼干。两人吃饼干的不同顺序引起了狄安娜的注意。她把最喜欢的口味留在最后，而马赛厄斯却一上来就吃最喜欢的口味。

轮到我说些什么了，狄安娜心想。“瞧，”她指着碟中剩下的巧克力饼干说道，“这饼干表明了我更寄望将来。小时候我就总是把最爱吃的食物留到最后，可大多数情况下，当我准备吃最好吃的时，已经饱得吃不下去了。今天看来也是一样，真不好意思。”

“饱得吃不下了，嗯？那你的巧克力饼干就是‘未开启’的过去了？”

两人四目相对，会心地笑了。然后彼此都觉得对视着有些不好意思了，便避开了目光。

狄安娜瞟了眼手表：“噢，已经这么晚了呀！”

马赛厄斯招手埋单。

“狄安娜，如果你有心事想一吐为快，我很乐意在一旁倾听。当然了，说不说全由你。”

狄安娜双眼霎时蒙上一层泪光，但很快便恢复了常态。她简明扼要地说了这几个月来经历的一切。

马赛厄斯全神贯注，听狄安娜讲着她的遭遇。狄安娜讲完以后，他不知该说些什么才能安慰她，只好说：“我对你的经历感到十分抱歉。”

“最令我痛苦的是妈妈不在了。”狄安娜继续说着，“这比被妈妈抛弃还要令人伤心。即使不能看到她，也听不到她的声音，我还是希望她在世界上某个地方，好好地活着。”

马赛厄斯看到她眼中闪着泪光。

“狄安娜，”他温柔地说道，“我无法体会你的痛苦，没人能体会。所以，此刻我无论说什么都没意义…… 我祖母去世时，我也非常难过。这跟你的痛苦可能不太一样，可我那时候也不知该如何接受祖母去世的事实，不过，后来书中的一篇小故事触动了我。”

狄安娜联想起妈妈给她讲过的故事，眼泪再也止不住，夺眶而出。

“我很想听听你说的小故事。”

“好吧。”马赛厄斯说，“从前，有一朵浪花，在大海中欢快地翻腾，阳光温煦，微风轻拂。它奔着海岸一路前进，笑对周围的一切。然而不久，它突然发现，前面拍打着悬崖壁的海浪，一朵接一朵，被无情地击碎，粉身碎骨。‘噢，天哪！’它喊道，‘我的结局会和它们一样，很快也会粉身碎骨，消失不见的！’正在这时，另一朵浪花经过它身边，看到它惊慌失措的样子，便问它：‘你为何如此焦灼不安？看哪，天气多么晴好，看看这太阳，感受这清风……’第一朵浪花回答说：‘难道你没看见吗？看我们前方的海浪拍打着崖壁，看它们消失的惨烈场面。不久，我们也将跟它们一样，什么都不会留下。’‘噢，你没懂，’另一朵浪花说，‘你不只是一朵浪花，你还是大海的一分子。’”

马赛厄斯的故事，他讲故事时眼中闪烁的光芒，让狄安娜感受到些许慰藉。狄安娜突然很想伸出手去，牵他放在桌上的手，但她克制住自己，只点了下头，表示感激。

服务生走过来，递上塞在龙虾壳里的账单。狄安娜示意她来付账，马赛厄斯却说：“请让我来。”

狄安娜陪着马赛厄斯往公园走去，猛然间，她想起乞丐说过的话：“那个女孩和你长得一模一样，有一天，她会见到那个画家。”他是这么说的。有一刻，狄安娜想告诉马赛厄斯，提醒他若果真见到玛利亚，别把她错当成自己。但她又不希望把乞丐牵扯进来，最后还是没说。

走到画架边，狄安娜伸出手：“今晚我过得很愉快，马赛厄斯，或者叫乔恩吧，谢谢你。”

“不客气，也谢谢你。”

狄安娜本想问他何时离开里约，她也很想告诉他说，自己就在路那边的酒店，她甚至想给他提供一间房间，让他搬出廉价旅馆。不过，这些念头转瞬即逝，她只说了句“再见”，就离开了。

19

狄安娜从画室下来时，夜已过半。她往床上一倒，身上满是先前在画室溅的颜料，她也不在乎。果不其然，这么一躺，床单也染上了缕缕蓝色。狄安娜心想，绘一片大海，毁一条床单，值得。

其实，搞得身上乱七八糟，并非画的大海主题使然，而是她尝试了全新的画法。作画前，美术课上学的条条框框，被她一股脑儿全给丢开了。满满一管蓝颜料挤满手掌，耳边响着罗琳娜·麦肯尼特颇具神秘感的歌声，她伸展开双手，随意圈、画、点，在画布上涂抹着颜料。

狄安娜觉得，那么长时间之后自己又重新提起画笔，是由于马赛厄斯的鼓励，对此，她多少有些感激。而且，马赛厄斯所讲的浪花的故事，令自己心情一下子好了许多。她想保持住这种好心情，还想做些事情让自己更开心，也让妈妈高兴。

狄安娜伸手去拿放在床头灯前的绿信封，又看了一遍玛利亚的第二封来信。

信之二：花园里的道路

亲爱的妈妈：

童年时期，尽管有“其他人”不断干扰，我仍然执著于自己的梦想，期盼着能找到您。然而，随着日子一天天过去，“其他人”总是企图改变我，把我也变为他们中的一员。面对他们的坚持，我感到自己执著的力量一点点衰弱。

一天晚上，我做了一个梦，梦见自己身穿白色睡袍，头戴橙色睡帽，坐在一艘小木船之中，在大海上随波漂流。远处地平线清晰可见，可小船既没风帆，亦无桨橹，我根本没法驾驶小船。我无助地顾盼四周，正在这时，灰黯的云层后传来您的声音：

“玛利亚，回来我的身边吧。”

“妈妈，您在哪里？”

“你从未失去我，一直以来，我都在你身边。”

“可为什么我看不见您呢？”

“因为你没和我在一起。”

“那要怎样才能和您在一起呢？”

“在你身上找到我的影子。”

“我找不到。”

“那就从我送的礼物中去找吧。”

突然，响起震耳欲聋的声音，天空裂开了，透出一道光芒，摘去了我头上的帽子，放上一顶玫瑰编织的花冠。那光芒就是您的手，妈妈；而那花冠，是我此生得到的最美的礼物。

我凝望水中花冠的倒影，久久陶醉在这美丽的礼物中。突然，猛烈的暴风雨袭来，小船在滔天巨浪中颠簸起伏。我蜷缩在船底，万分恐惧，禁不住哭泣起来：“妈妈，救救我！”

少顷，狂风止住了，开始下起雨来，大海慢慢平静下来。

我又低头看倒影，却发现花冠不见了。顿时，我感到失去了一切，那感觉恍若：我虽是河流，却已干涸；虽是小鸟，却已折翼，虽是玫瑰，但芬芳不再……我得立刻找回我的花冠。

我寻遍船上，没有。我用目光搜索远方、海面、天空……但遍寻不见。

我大声呼唤您：

“妈妈，我的花冠不见了？”

“玛利亚，低头看看。”

一低下头，我便从倒影中看见，花冠只是滑到了脑后。接着，您又说话了，不过这次声音不是来自天上，而是花冠发出来的。

“玛利亚，我的孩子。只要坚信不曾失去，就不必去别处寻找已在手中之物。”

话音未落，海中央平地升起一座宫殿。宫殿旁有花园，墙头爬满了玫瑰，花繁叶茂，墙后夜莺啼鸣，悦耳动听。

这时，您又说话了：

“若要听见我的声音，就踏上花园里那条路，牵着园丁的手，聆听玫瑰花语。”

“噢，妈妈，花园好远呀！中间横隔着整片大海，而且我不会游泳！”

“别害怕，尽管走。抛开成见，水会托起你的。”

“可我没心怀成见呀。”

“认为水托不住你，这就是严重的成见。放下成见吧，走过去。”

“可是妈妈，这条路会把我带到哪里去？”

“我身边。”

“那我就能和您在这个世间团聚了？”

“是的，我们在这个世上同在。”

这梦一直萦绕在我心中，我企盼有一天梦能变成现实。三年过后，有一次我和朋友一家人外出旅游，在下榻的宾馆后面发现，一座玫瑰园悄然掩映。走近细看，我看到了托普卡帕宫（Topkap Palace），与我梦中的宫殿几乎一模一样。宫殿与花园一映入眼帘，我觉得，或许这就是梦中您让我探访的地方。事实证明，我没弄错。

宾馆的主人叫泽内普·海涅姆，她是个不一般的人，与“其他人”不一样。她深知我长久以来的苦心等待，愿意助我一臂之力，让我能听到您的声音。她带着我，在玫瑰园中展开了一段奇幻之旅。不久，还教我如何聆听玫瑰说话。她在我心田播撒下种子，数年之后，我在家中听到了玫瑰的絮语。

顺利的话，下封信，我将给您讲述寻找您的历程中第三个阶段。

爱您……

玛利亚

2月22日

这封信狄安娜已看了不止一次，可这次却有不同感受。她开始想自己的孪生姐姐是如何投入全部身心，想找回妈妈。她对妈妈深厚的情感，她从未消逝的渴望，她找到妈妈的决心……

也许，玛利亚幻想得太多；也许，信中提及的不过是她的期望，而非现实。她大概是疯了，要么就是狂热的幻想家。但有一点不容置疑，玛利亚深爱着妈妈……更重要的是，这么多年来，妈妈一直活在玛利亚心中，而这，是狄安娜没有做到的。

如今，玛利亚以为终于可以见到妈妈了，可妈妈却在这一刻永远地离开了她。玛利亚或许还不知道这事，也有可能她听说了妈妈将不久于人世，所以才想自杀，希望以这种方式尽快和妈妈团聚。

在玛利亚的梦中，妈妈说过，玛利亚会在“这世上”见到她。可是，当诺言变成谎言，玛利亚为自己搭建的虚拟世界轰然倒塌。她再也无法在“这世上”见到妈妈了。

“我俩同病相怜。”狄安娜低语。

20

夜半时分，马赛厄斯就作完了画。这会儿天已破晓了，他还在公园待着，苦苦思索。一晚上，他都挣扎于同一个选择：要不要把画展的名字改成《里约热内卢多变的海》。

眼前这片海域确实变幻莫测，他可以就近租一栋小屋，住上一夏天，在这个公园完成所有的画。这想法令他怦然心动，但还是很难下定决心。毕竟他不想只为了度过一个灵感盎然的夏天，贸然开始一段恋情，而且他明知，这段感情不会持久。

马赛厄斯走回吉普车，打开冰箱，抓起两瓶可乐。近旁的乞丐还未换上白天工作时的坐姿，马赛厄斯的一举一动都落在他眼中。

“笨小子！”乞丐大声喊道，“给我过来！”

他接过画家递上的可乐。“一大早上的，你就只有可乐？我要的可是大瓶瓜拉纳。”

“你说过擅长察言观色的，对吧？”

“如果我说过，那么就是。不过小子，我不免费看。这一点我得先声明。”

“我刚才潦草列出十大点，是我心仪的女孩必须具备的品质。你猜怎么着，从第二点到第九点，她居然都符合。我没想到她符合这么多条。”

“小子，你列这些东西关我什么事？到底要我干吗，直说吧。”

“我想，也许你可以看一看这些品质中的第一大点，对我来说，这一点至关重要，比其他所有品质加起来都更重要。”

“第一点是什么？”

“就是她脸上必须散发出光辉。”

“天哪，天哪！是哪种光辉？”

“我还没在其他人脸上见到过，不过，这种光辉一看到我马上就会认出来。很遗憾，她脸上也没有。”

“小子，要这光辉有什么好的？”

“它是一个标志，它能告诉我是否找到了心灵伴侣。”

“啥伴侣？！说话不要故作高深，小子，我可不喜欢猜谜。”

马赛厄斯指向大海。“每天都有成千上万的人看这片大海。人们看到的是同样一件东西，多数人眼中它只是海，但有一些人，可能会看出不同的东西来。我猜想，有没有人从中看到过燃烧的沙漠？或是绵延的山脉？”

“噢，我的天。别跟我玩这些了，小子，别玩了。”

“假如有一天，面对大海我声称看到了沙漠，或者面向沙漠声称看到了大海，有没有人相信呢？”

“噢，不，又来了。小子，你又来了。让老人家喘口气吧，你想说什么，直说吧。”

“我的意思是，即使全世界都认为我撒谎，我的心灵伴侣仍然一如既往地相信我。而且，被我忽视的沙丘或我不曾留意的海湾，她也会一一指出。”

“好了，到此为止！”乞丐说着，做出“时间已到”的手势，“小子，从现在开始，你得为你说的话付钱。你每说一个词，如果我没同意，你就得花上一整个雷亚尔！”

马赛厄斯笑起来。

“小子，我只想跟你说一件事。我很抱歉，但察言观色跟你希望在小姑娘脸上看到的光辉，风马牛不相及。你以为看到人的面孔上散发着光辉这事容易吗？我活了这么久，也就见过一次而已。那是在我兄弟乔身上，我在乔的脸上看到了那种光辉，相当耀眼。1962年，凯迪拉克，崭崭新，金属外壳，宛若一颗光润的黑珍珠！我撬着车门，乔在一旁把风。快得手的时候，突然响起一串脚步声，我回头看乔。那一瞬间，我被晃花了眼。该死的警察手上拿着五百瓦的手电，打得乔的脸上布满光辉。耀眼的，明晃晃的光辉！可怜的乔，他整个人都被照亮了。”

马赛厄斯大笑起来。

“小子，说正经的，你是走是留？”

“你以为我这时候待在这儿是为了什么？我就是要听别人的意见。不过，有一点我很清楚，离开即是永别。停止发展，于我于她，都会是最佳选择。我走太远了，其实一开始我就知道，但就是克制不了。我和她聊天，请她共饮咖啡，告诉她我的经历，并试着去了解她；更糟的是，我居然想打动她。这一切都不该发生的。现在，我打算一声不响地离开。你说说，我该怎么做？“

“离开吧，小子。”

“离开你这里呢，还是离开这城市？”

“你既有打算，又何必问我。我说留下，你还是会走。我说快活地过吧，多跟那个姑娘接触，好好了解她，两个人开开心心的，你还是准备起程。你来我这儿，不过是因为搞不定自己，让自己作出留下的决定。你还没坐下来，我知道你要走了，都写在你脸上呢。小子，我会看相。两瓶可乐值个九雷亚尔的，所以，你也算我的客人。别忘了，我是个正派人，我尊重自己的工作。”

马赛厄斯没有说话，过了一会儿，他向乞丐伸出手：

“朋友，我会想念我们之间的谈话的。”

21

“人会变的，只要几天。”马赛厄斯曾这般告诉她。一天的工夫，人也会变吗？前一天还善解人意、体贴细致的一个人，第二天站起来，连再见都不说一句，就拍拍屁股离开了，这可能吗？

恐怕有可能，狄安娜自言自语，她已经连续六个夜晚没见到马赛厄斯了。

傍晚散步回来后，狄安娜打开电话簿，一边翻看电话号码，一边寻思自己怎么认识这么多人。她可以从这无数的号码当中，挑出某个女友的电话，约她喝咖啡，闲聊不久把话题转到马赛厄斯身上来。然后，朋友就会设想出几个情境，合理推测画家不告而别的理由。而且，朋友很快就会说服她，使她相信，马赛厄斯离开并非由于不喜欢她。如此一来，狄安娜完美的形象依然得以保持，不会有任何污损。

换成玛利亚，我想她不会这么做的，狄安娜心想。

她把电话簿扔在桌上。她倒不是要和玛利亚摽劲，只是突然不想打了。她拨了另外一个号码，酒店旅行社的电话。

“您好，请问有什么可以效劳？”

“嗨，萨拉，我是狄安娜，想请你帮个忙。如果我没记错的话，托普卡帕宫在伊斯坦布尔，对吗？你查一下，然后帮我订这个周五的航班，回程要开口票。”

“奥莉维拉小姐，我没听错吧，您说周五？”

“是的，就是周五。”

“可是，奥莉维拉小姐，您的毕业典礼不是在周日吗？推迟了？”

“没有，不过我必须马上动身。”

“您还好吧？”

“别担心，萨拉，我很好，一切都正常。”

第二部分

Part Two

22

飞行员播报飞机即将降落时，狄安娜手中还握着玛利亚的信，一路上她都在看，好几遍了。

信之三：玫瑰的涅槃

亲爱的妈妈：

约一年前，我曾茶饭不思，平素的爱好都变得索然无味。那段时间，我整日待在自己的卧室，闭门不出，多数时候陪伴于玫瑰左右。玫瑰开始散发出迷人的香气，那是我不曾闻过的香气。

自玫瑰园回来后，我在卧室的各个角落种满玫瑰，我就像花农，不舍得卖掉自己精心培育的花朵。

有一天，不可思议的事发生了：我听到玫瑰在呼吸。接连几天皆是如此。有时候，它们吹出一股清新的微风，穿过我的发间，仿佛要扫去我脑海中一切尘世过往。

之后，一天傍晚，微风逐渐大起来，一整晚越吹越强劲，待至黎明破晓，才平息下去。房间突然亮起耀眼夺目的光芒，令人目眩，到处都是白晃晃的，照得我什么都看不到。周遭也陷入沉寂，听不到一丝声响。

此时，床头的粉色玫瑰打破静谧，开口说话了。可它的声音又似乎不是来自床头，不是发自玫瑰，而是来自我，发自我的内心！

这声音越说越响，逐渐高到一个顶点，我再也听不到说的是什么，也看不到周遭，嗅不到任何气味，唯有玫瑰的声音，我居然看得到，也闻得到，还能碰得到。

我害怕起自己来。不，不可能，我怎么会害怕自己呢？我根本没在床头，那儿只有那朵玫瑰，那只是玫瑰的声音。

我和玫瑰用同一个声音说着话：

“玛利亚，请安静。”

“我不信！我不相信我居然听见一朵玫瑰说话！”

“不，玛利亚，正因为你相信，所以才听见了。”

“可这太不同寻常了！”

“对不同寻常的人，任何不同寻常的事都很寻常。”

“这份赞扬我承受不起。”

“正是这样，你才当之无愧。”

“既然我听得到玫瑰说话，那也能听见妈妈的声音了？”

“其实，你妈妈一直通过各种途径对你说话。只是，你得先听过苏格拉底的声音，方能意识到这点，然后才会听见她。”

“哪儿能找到苏格拉底？”

“你不用去寻他，他自会来找你。”

“什么时候？”

“时机成熟之时。”

这是粉玫瑰第一次发出声音，也是最后一次。自那天起，我就开始盼望苏格拉底现身。我耐心等待，好似狐狸等待小王子前来驯服。妈妈，此刻，尽管面前摆着您的住址，上面写得清清楚楚，可我深知，我还不能去找您，我还无法聆听您的声音，因为苏格拉底还未出现。

可我坚信，他一定会找到我。我坚信，因为玫瑰是这样说的。说不定我在里约会遇到苏格拉底。

抵达里约后，我会寄出最后一封信。

爱您……

玛利亚

3月1日

23

狄安娜的行李最后一个运出来，因此她在机场足足等了半小时；接着，排队乘坐出租车时，两次被人流挤出队列，不得不再站到队尾重新排；好不容易上了出租车，好聊的司机又说个不停，当地的语言听来甚是费解，她不厌其烦，却又无可奈何；而后，在苏丹阿赫迈特广场上，她费尽口舌，跟小贩解释说不需要地毯。但这还不是最糟的，最糟的是，每每看见宾馆，她都溜进去，寻找传说中的花园，然而次次空手而归。狄安娜顾不得身旁人来人往，眼泪夺眶而出。倘若找到了泽内普·海涅姆的宾馆，那这一路所受的委屈，也算不上什么，可现在一点收获都没有。

狄安娜在圣索菲亚大教堂找了一处无人的所在，大哭了一通。她坐在角落里，呆呆地看着四周的围墙，直到教堂关门。墙面年久失修，已斑驳开裂，显示出与时间作着不懈的对抗，只为维持无数信徒的心灵寄托。神圣的事业，值得教堂建筑为之坚忍。可是，她的付出值得吗？为了找寻玛利亚，忍受烦恼，经历痛苦，值得吗？

守卫第三次通知游人："博物馆即将闭馆！"狄安娜不得不离开圣索菲亚大教堂，来到街上。她溜达着，往托普卡帕宫走去。宫殿大门正前方是一座历史悠久的喷泉，她在一旁坐下。这个地方总不至于关门。

狄安娜正犹豫着是否订今晚的飞机回去，头顶上方传来人声：

"真是糟糕的一天，呃？"

狄安娜抬起头，打招呼的是一个穿着入时的中年女人，饶有兴味地看着她，脸上写着优越感。她那种神情，好像是从未见过有人坐在大街上似的。

"谢谢关心。"狄安娜说道，"我挨个进过每家宾馆，现在已经熟悉这里的街道了。"

"是啊，旺季来临了。为找住宿的地方，我们也费了很大劲。"

中年女人指着托普卡帕宫墙外蜿蜒的小道。"其实，"她说，"那边有两家宾馆，我们本打算住其中一家的，但都订满了。现在，我们不得不去住四季酒店。”

“噢！”狄安娜跳起来，“我得去看看那两家宾馆。祝您在四季酒店住得愉快。”

24

狄安娜面前坐落着两所大木屋。漆成香槟色的大一些，外观也更华丽。大木屋旁边有门通向花园。而另一所木屋漆成粉绿色，大门开在临街，所以狄安娜看不出木屋带不带花园。

狄安娜迫不及待想冲进木屋，但她不知道泽内普·海涅姆的容貌，因此无法确定哪所木屋才是。当然，前提是其中必有一所是泽内普的。

狄安娜决定先试一试大的那所。她向花园走去，边走边打量。花园里种着各种各样的花，颜色也多种多样——黄色，粉色，蓝色，紫色，红色，橙色——可其中看不到任何玫瑰。她折回来，迈上第二所木屋长且逼仄的门廊。

走进大堂，前台正忙着接电话。狄安娜足足等了十七分钟，电话还未打完。她决定放弃，拦住一名路过的服务生。她一个字一个字地发着音，询问道："请问泽内普·海涅姆在吗？"

"半小时前外出了，小姐。不过，她说了，一小时后就会回来。"

听到服务生的回答，狄安娜不禁有些吃惊，迟疑了片刻，又继续说道：

"哦……好的……她回来以后，请您告诉她，有人想见她，好吗？"

"乐意效劳，小姐。您若愿意，不妨到茶室等。"

没想到如此容易，狄安娜心想。一直以来与她作对的命运女神，仿佛突然之间转了念，开始眷顾她了。

25

茶室划分成四块独立候客区，屋内灯火通明，装饰是典型的土耳其本土风格。除了门口站着一位身穿金边马甲的服务生外，房间里没有别人。

茶室地面铺着深色镶花地板，砖红色、芥末黄还有蓝色的克力姆地毯点缀其上，花纹简洁朴素。墙上挂了几幅油画，描绘了旧时伊斯坦布尔的市井风情：金角湾上航行的奥斯曼船只；清真寺的宣礼塔一座比一座高，直指蓝天；上演着回旋舞的典礼；沿着博斯普鲁斯海峡两岸一路延伸的大型木屋……

坐了没多久，外面传来一阵由远及近的脚步声，把徜徉在悠久历史中的狄安娜拉回了现实。

走进茶室的是一位妇人，她容貌姣好，大大的蓝眼睛，头发有几处斑白，在脑后优雅地绾成髻，肤色润泽得叫人看不出年龄来。她一袭白色亚麻长裙，显得气质独特。

两人的目光一接触，妇人就张开双臂，向狄安娜疾步走来：

“我的天，我简直不敢相信自己的眼睛！玛利亚，没想到是你！噢，真是女大十八变！”

泽内普·海涅姆紧紧抱住狄安娜，有那么一刻，她的拥抱令狄安娜想起妈妈来。妈妈每次抱她都那么热情，狄安娜觉得，倘若自己不放开，妈妈绝对不会先放手。

“噢，让我好好瞧瞧。”泽内普·海涅姆双手捧起狄安娜的脸，说着。

“很抱歉，但我不是玛利亚。”狄安娜说着，挣脱开来，“我叫狄安娜。”

泽内普·海涅姆笑了：“玛利亚，我怎么会忘记你的模样呢？”

“不，真不是。我不是她，我是她的孪生妹妹。”

泽内普·海涅姆怀疑地看着她：“玛利亚，亲爱的，你没有孪生姐妹的。”

“请您一定要相信。实际上，我来这儿就是想跟您打听玛利亚的。”

“你说什么？那天不是你打电话给我，说这周会过来吗？”

“什么？是吗，玛利亚打电话给您了？她说了要来？她现在在哪？”

泽内普·海涅姆示意狄安娜坐下，似乎是想让她先平静下来。她坐在狄安娜对面，问道：“这么说，你真的不是玛利亚？”

“我可以对天发誓。请您告诉我，玛利亚在哪儿？她什么时候到这里来？”

“我并非不相信你，亲爱的，只是——”

“求您了，玛利亚什么时候来？”

“她没说确切是哪天，不过应当在通话后三四天内。至于她现在在哪，我也不清楚。我已经很多年没见到玛利亚了。自最后一次见面后，这还是她第一次打电话给我。你呢？你最近没见过她吗？”

“说来话长。您若想听，我可以一一道来。”

“当然，我当然想听。不过，先等一下，你要喝点什么吗？饿不饿？点什么都行，我来点儿绿茶加鲜薄荷，推荐你也来这个。”

“谢谢，我要浓缩咖啡就可以了。”

“呃，我们倒是有浓缩咖啡。不过，你要不要尝尝土耳其咖啡呢？”

“也好。”

点完单后，服务生离开了房间。

26

服务生回转来时，手上端了个银质茶盘。这会儿，狄安娜已经向泽内普·海涅姆讲了这段时间发生的一切。

“我非常抱歉，狄安娜。” 泽内普·海涅姆抚摸着她的手，说道，“不过别担心玛利亚，她不是那种会伤害自己的女孩……亲爱的，我倒是担心你。这段日子一定很难熬吧。”

“我一直努力要振作起来，但首先得找到玛利亚。我需要您的帮助。如果玛利亚再打电话来，我希望您别提我，等她到了以后再说，好吗？另外，倘若您有办法得到她的电话号码或地址，请告诉我，我会非常高兴，也非常感激的。”

“好的，如果玛利亚打来，我知道该怎么做。狄安娜，你很快就能见到她了，我很开心。玛利亚不是一般的姑娘。这许多年来，你俩不知道彼此，这真叫人伤心。”

泽内普·海涅姆端起银质茶壶，倒满面前的水晶杯。她察看了下狄安娜是否喜欢喝土耳其咖啡，然后问道：“玛利亚在她的信里是怎么描述我的？”

听到这话，狄安娜猛然醒悟过来，发觉到不对。刚才得知玛利亚要来，她一下子太兴奋了，完全忘记了一直在心中盘旋的疑问——泽内普·海涅姆是个什么样的人。不正是她教玛利亚与玫瑰对话的吗？！

她又仔细打量起泽内普·海涅姆来。微笑的眼角，安详的神情，举止温和，语调轻柔，她看上去不仅是个正常人，还是个近乎完美的女人。她一定会觉得玛利亚对她的描述很可笑，之后出于同情，她可能会解释给狄安娜听，安慰她，告诉她为何孪生姐姐的信中会提到这样叫人无法相信的事。

“我想您听了也许会觉得好笑。”狄安娜说，“玛利亚在其中一封信里写道，您曾经教她聆听玫瑰的声音。”

然而出乎她的意料，泽内普·海涅姆没有表现出一点儿惊讶。

狄安娜原本以为她会说，“聆听玫瑰的声音”不过是她教玛利亚玩的一个游戏，或者说玛利亚信中所言只是她丰富想象力的充分体现。狄安娜希望听到类似的解释，不然，对面坐一个人，有着教授聆听玫瑰的声音的能力，这让她感到极不自在。

“哦，玛利亚是这么写的呀。” 泽内普·海涅姆最后接了她的话，“这挺难以置信的，是吗？”

狄安娜不知该如何回答。她几乎脱口而出“没错，太难以置信了”，但她踌躇了一下，改变了主意，决定先试探一番。

“真相总叫人难以置信，不是吗？”狄安娜故作镇静，“以地球为例，我们觉得它在脚下纹丝不动，其实它的运转速度比最快的飞机还要快呢。”

泽内普·海涅姆没发表意见，狄安娜意识到她不打算接自己的茬，于是又问：“您真的教玛利亚聆听玫瑰说话了吗？”

泽内普·海涅姆抿了一口茶：“狄安娜，玛利亚来这儿之前，你就作为我的私人客人住下来吧。我们这里同样招待听不懂玫瑰的声音的客人，而且，能够为玛利亚的孪生妹妹服务，我相信员工们也会感到荣幸的。”

狄安娜暗自揣测，不知泽内普·海涅姆是想袒护玛利亚呢，还是面前这个人就是喜欢让自己充满神秘感。又或许，泽内普·海涅姆如此行为的背后有着完全不同的理由？

“非常感谢，可我不能接受。如果您有空房间，我愿意付房费入住，一直到玛利亚过来。”

“十分抱歉，狄安娜，所有房间都满了。我能帮你的唯一方法，就是你答应当我的私人客人。”

泽内普·海涅姆招手叫服务生过来，用土耳其语吩咐了几句，然后转头对狄安娜说：

“亲爱的，你看起来很累了。你愿意的话，会有人带你去房间。有什么需要，尽管吩咐前台。不管怎样，玛利亚到了以后我们再见。”

尽管泽内普·海涅姆很和善，狄安娜仍感觉到她有点失望，面前坐着的这个女孩不是玛利亚。有一瞬间，狄安娜想说“非常感谢，可我不希望您因为玛利亚的原因而提供给我房间，不希望由于玛利亚而受到您的款待”，说完以后潇洒地转身离去。

但她没说，她只是点点头，接受了泽内普·海涅姆的招待。

27

一夜安睡。次日，狄安娜早早就下楼吃早餐。刚踏进餐厅，就看到泽内普·海涅姆在近门的桌旁坐着，独自一人。

狄安娜深吸一口气，想了想接下来打算做的事。这并非由于她相信了玛利亚的幻想，也不是想要取悦泽内普·海涅姆。她只有一个目的：进一步了解玛利亚是如何逐渐变化的。

“抱歉，希望没有打扰您。”狄安娜说。

“没有，亲爱的，不过我正要出门。”

狄安娜又深吸一口气，态度显得很坚决，她说：“希望您能教我当时教给玛利亚的东西。”

泽内普·海涅姆看着她，没有说话。她的目光仿佛穿透狄安娜的大脑，读着她此时的真实想法和感受。

“坐下来吧，狄安娜。”

“这么说您同意了？”

“同意什么？”

她是假装糊涂，狄安娜心想。也可能她想显得更神秘。狄安娜不得不把话挑明了说。

“您教过玛利亚听玫瑰说话，希望也能传授与我。”

“为什么希望我这么做？”

“呃，既然对玛利亚造成了那么大的影响，肯定是某种非比寻常的经历。”

泽内普·海涅姆脸上的表情总是很温柔，好像随时都在微笑似的，可这一瞬间，温柔的表情消失了。

“我可是需要回报的，你给得起吗？”

“什么回报？”狄安娜问。

“我要你杀死自己。”

狄安娜拿不准这是玩笑话抑或谜语，因此笑着没搭腔。她以为泽内普·海涅姆也会笑，但她没有。

“你也让玛利亚这么做了吗？”

“没必要，玛利亚不存在质疑玫瑰说话或是聆听玫瑰的‘自我’。而你，狄安娜，你有没有呢？听见玫瑰说话的声音，你是相信，还是怀疑呢？”

“噢，拜托，玛利亚来这儿的时候，她还是个孩子。我在那个年龄时，比玫瑰说话更离奇的事我都信。”

“比方说？”

“比方说，比方说……我相信自己可以游着泳到世界任何地方；我相信自己能飞，能与天使对话……小时候，妈妈说爸爸和上帝在一起，我便发誓要游着泳找遍整个世界，找到爸爸和上帝住的地方。倘若海里找不见爸爸，我就安上硕大的翅膀，飞到天空继续寻找。若天上也没有，我就请天使带我去见他。为什么我会这么想？因为我是孩子！你了解我父亲的事吗？当我幻想做一切寻找他的时候，父亲在哪里？”

说到这里，狄安娜几乎哭出声来。“噢，算了，反正也不重要了。”

“那么后来怎样了呢，狄安娜？”

“您指什么？什么怎么样？”

“从何时起，你放弃了寻找父亲，放弃了再次与父亲相聚的梦想？谁跟你说根本不可能找到你父亲的？”

狄安娜站起来，说：“抱歉，我提这请求提错了，是我的错。我不会再打搅您了。”

“如我所想，”泽内普·海涅姆说，“狄安娜不愿死，那她永远不可能听到玫瑰说话。”

狄安娜转过身，不再看泽内普·海涅姆。她向门口走去，耳中仍能听到身后低声问出的问题。

“狄安娜，你认为什么人最了解生命的价值？”

狄安娜停住脚步，她依然背对着泽内普·海涅姆，听她继续说下去。

“是品尝过死亡滋味的人。” 泽内普·海涅姆说。

狄安娜走回了桌旁：“请您告诉我，您要我做什么？”

“就一件事：你内心的自我不相信可以听见玫瑰说话，杀死它。体味这种形式的死亡，你将被赋予新的生命，如此，你才能听见玫瑰说话。既然你要我教你聆听玫瑰说话，我就得这么要求你。”

“好吧，我开诚布公地讲，”狄安娜说道，“倘若这件事，所谓的‘聆听玫瑰说话’，是我以为的那样，也就是说你坚持人们完全能够听到玫瑰说话，可我认为这种事不可能发生。您的主张和我的想法截然相反，不过我一点儿也不会觉得好奇。现在抛开这些不谈，既然您说能教我，就请开始吧。”

“但是，我还有几个条件。” 泽内普·海涅姆说。

“什么条件？”

“很简单，我说什么你做什么，必须一丝不苟。上课过程中，你随时都可以放弃。但是，只要你还在上课，就得完全遵照我说的话行事。课程安排在酒店后面的花园，按规定时间进行。晚一秒钟都不行，迟到不如不来。在花园里，园丁的话，确切地说，是我的话，就是法律。前后共计四堂课，你可以把它当做学习聆听玫瑰说话的技巧的实习期。这段期间，若无人陪同，你不得踏出酒店半步。此外，还有一点要求：一份空白履历。

“空白履历？”

“通常，你会有一份个人履历表：一名年轻女子，在某个特定时间、特定地点出生，在某个特定的社会环境中生活。出生于几百年后的里约，或者在几百年前的印第安部落长大，或是在现如今的南太平洋小岛上生活，会有截然不同的人生经历。不说绝对吧，至少是有可能，你对人生的看法和理解会完全不一样，和现在正相反也说不定。

“人的履历都是相对而言的，是在一定的背景之下的。然而，聆听玫瑰的声音，用的是我们身上不受时间、地点和生活环境制约的那一部分。这也就是为何我们必须擦掉履历中所有内容的原因。接受的教育、过往的经历，尤其是成见那一部分。倘若这些东西在花园中有用的话，那么植物学家岂非首先听到玫瑰说话的人？迄今为止，你所学的一切，在这儿什么都不是，只能成为包袱累赘，而且还是沉重的包袱。”

突然，狄安娜想起了什么，她看着泽内普·海涅姆，说道：“水会托不起我的包袱，对吗？”

“一点不错。你是从哪听来的？“

“ 玛利亚的信里，她梦见妈妈说了一番话，几乎如出一辙。玛利亚说，梦里很多事情后来都成了现实。”

“这很正常。”泽内普·海涅姆说，“日有所思，夜有所梦嘛。”

狄安娜不愿再谈玛利亚的梦："呃，刚刚说了几个条件……假如我同意一一遵守，能得到什么好处？"

"实现你进花园前抱持的目的，不管是何种目的。在花园里做什么不重要，关键是为什么。倘若你是为了与众不同而来，我想你会获得这种虚荣；倘若你是为了听见玫瑰说话而来，你就能听到玫瑰说话；倘若你和玛利亚一样，希望通过玫瑰寻找到妈妈的声音而来，你就能听到妈妈的声音；倘若这些都不是，你只是想体验一下新鲜的玩乐游戏，你付出一定代价也可能实现。"

一切都仿佛玩笑似的。这个上了年纪的妇人，几分钟前还显得温柔谦和呢，突然之间完全变了。仿佛一丝不苟的质检经理，不容许任何失误；又仿佛统率兵千万的将军，向副官发出一连串命令。她一本正经，好像课上讲授的不是花，不是鸟，也不是小蜜蜂似的！……

"您的话引起了我的兴趣。"狄安娜说，"相信也好，不信也罢，听玫瑰说话毕竟是挺让人好奇的事。只是，您列出的条件，还有要求的方式，呃……我这么说您千万别误会，我只是觉得太严苛了，而且限制人身。"

"云、雨、水，这些现象也令人好奇。不过，若要止渴，首先得有盛得了水的杯子。"

狄安娜沉默了一会儿，然后说："您刚才说一共四堂课，对吗？"

“就四堂课。”

“行，可以。”

泽内普·海涅姆站起身：“第一堂课明早6点11分开始，主题是‘聆听玫瑰的数学运算’。不用带什么代数或几何类的书，准时到花园门口的凳子旁，这就足够了。”

“早晨6点11分？！”

“正是。”

尽管狄安娜极不愿意起那么早，但还是点头接受了。

“很好。现在对下表。”泽内普·海涅姆说，“噢，差点儿忘了。所有课上完后，你若能听见玫瑰的声音，我会有奖励给你。”

“其实您认为最后我能做到，是吗？您对我还真有信心。”

“你对自己有信心，我就对你有信心。”

“有什么奖励？”

“一句箴言，已流传了几个世纪。”

“倘若我做不到呢？”狄安娜问道，嘴角浮起嘲讽的微笑，“课结束了，我没通过，会不会有惩罚等着我呢？”

“玫瑰沉默不语。”泽内普·海涅姆说，“对于想聆听玫瑰却又无法听到的人，听不见玫瑰的声音已然是最严厉的惩罚。”

28

狄安娜在一张凳子上坐下来，距泽内普·海涅姆和她约定的时间还有五分钟。花园四周围着木篱，高过狄安娜头顶，挡住了她的视线。花园的门却异常低矮，与高高的篱笆形成了鲜明的对比。

狄安娜眼睛盯着手表的分针滴答，脑中琢磨“聆听玫瑰的数学运算”到底是什么意思。任她想破头，也猜不出这堂怪异的数学课会讲什么。

手表的指针准确无误地指向6点11分时，泽内普·海涅姆的声音响起来：

“以你目前的逻辑思维，是无法分析出来的。”

狄安娜微笑着掩饰住内心的惊讶。不过，尽管泽内普·海涅姆如此说，她并不认为泽内普·海涅姆会读心术。毕竟，在这种时候，数着时间的分秒，等待着学习聆听玫瑰的声音的一个人，脑子里除了课程还会想别的事吗？

“既然我的逻辑思维分析不出来，那么请您告诉我，聆听玫瑰的声音究竟是怎么一回事。”

“你吃过橄榄吗？”泽内普·海涅姆突然问。

“吃过。为什么问这个？”

“那好，那你跟我解释一下，橄榄尝起来是什么味道……我们约定一下吧，你若能说明白橄榄的滋味，我就向你描述清‘聆听玫瑰的声音’是什么。”

“好吧。”狄安娜答应着，“橄榄……它有点……它咸咸的……呃……它就像……有点油……吃起来……呃……有种很浓的味道……它像……”

泽内普·海涅姆皱起鼻子：“哇哦，我现在嘴里是咸咸的、油油的、浓浓的感觉。还好我吃过橄榄，不然，经你这一描述，我恐怕碰都不想碰了。”

“好吧，好吧，我认输。”狄安娜说道。

“咳，不管他橄榄的味道还是聆听玫瑰的声音，这些都放到一边吧。踏入花园之前，我们先理清‘聆听玫瑰的数学运算’这事，行吗？”

“请讲，我洗耳恭听。”

“无论人们是否相信玫瑰说话的奇事，都必须学习‘聆听玫瑰的数学运算’这门课程。原因很简单，对任何一个有无数个答案但人类五大感官却无从解答的问题，这门课讲到的等式均适用。比方说，人死后会如何？诸如此类的问题。”

“现在，在你跃跃欲试，想要回答此类问题之前，心中牢记着一个等式：1除以无穷大等于多少。等下我会提问这个，不过首先，你告诉我，现在听得到玫瑰的歌唱吗？它们唱的什么歌？

“我根本听不到什么玫瑰，什么歌唱，你明明知道的。”

“它们在唱什么，狄安娜？”

“我说过了，我什么也没听到。”

“来吧，猜一猜。没准你就猜中了。”

狄安娜意识到泽内普·海涅姆不会轻易放过这个问题，就说：“那好吧，它们在唱《紫雨》。”

“你觉得自己猜得吗？”

“肯定不对。”

“再给你一次机会，再猜一次。”

“好吧。凯特·斯蒂芬斯的《破晓》。”

“这次你觉得猜得对吗？”

“当然也不对。请问，您让我猜来猜去，用意何在？”

“现在考一考你的统计学知识。告诉我，你猜对歌名的概率有多大？”

“几乎为零。”

“完全正确。歌曲数除以可能的答案，结果等于通过猜测得出正确歌曲的概率。玫瑰所唱歌曲数为1，而几千年来，来自世界各地的作曲家成千上万，创作歌曲的语言有上百种，创作出的歌曲能以兆计。若再加上人类尚未创作但玫瑰已知的歌曲，那可能的答案可说是无穷大。这样算来，猜对歌曲的概率就等于1除以无穷大。这就是学习聆听玫瑰的声音之前必须了解的等式。那么，1除以无穷大的结果是……”

“据我所知，是零。”

“是的。不过，倘若只是一个普普通通的零，那就意味着完全没有机会知道玫瑰所唱的歌曲。其实，1除以无穷大等于‘特殊的零’。”

“特殊的零？”

“我相信你的数学知识一定甚于我，狄安娜，但我仍要简单说明一下这个等式的数学运算值。

“我们来看一下1除以任意数的等式……除数越大，计算结果中1前面的0的个数也就越多。若除数为无穷大，则计算结果中会有无穷多个0，在1的前面。这样一来，计算结果就是零点零零零……无穷多个0。可是，在结果的最后面，却有一个1，即使我们不加注意，它依然存在。所以，计算结果是0，却是‘特殊的0’，是以1结尾的0，即使那个1隐藏在无穷多的0后面。

“好了，这一点非常关键。这个等式虽然表明猜到正确歌曲的概率为零，但同时，它也提示，答案正确并非不可能，因为计算结果的最后一个数字是1。

“当我问你玫瑰唱的什么歌时，你说不知道，你回答得非常好。为什么这么说？因为你清楚自己不可能知道。你深知回答一个有无数种可能答案但人类五大感官却无从解答的问题，单凭猜测是没有用的。

“因此，猜出玫瑰所唱的真正歌曲，不是简单地靠逻辑判断、推理猜测，只有通过‘亲见’方可。关键是你得明白，聆听玫瑰的声音不是用双耳，而是用心灵。

“人类出生时，稚嫩的心灵都具备聆听的能力，然而随着时间的流逝，心灵慢慢失聪。人们受到教导，长大成人了就得遵循成年人的行为方式，于是，聆听的能力丧失了。而‘亲见’玫瑰歌唱，首要一点，便是重新获得这种能力。获取的唯一途径，就是培养对玫瑰的热爱，对其精心呵护。

“也许第一次进入花园听不到玫瑰的声音，但不应就此放弃希望。身处花园之中时，不确定地张望，兼有其他否定的情感或想法，是聆听最大的敌人。

“假设有一座高山……站在山顶眺望，怡人景色，尽收眼底。你很想去山顶，但山峰看上去遥不可及，你便失去了攀爬的信心。你放弃了，还说‘我到不了那儿’。

“而实际上，登上顶峰的人，脚步不比你迈得大，但他们一步一个脚印，坚持不懈，勇往直前。将不可能变成现实的不是奇迹，是坚韧。因为坚韧，所以绳锯木断，水滴石穿；因为坚韧，所以21世纪的人们也能听到玫瑰歌唱。

“只要坚信能够听见，只要坚持尝试，早晚有一天，我们会听见玫瑰的声音。这没什么不可能，因为一长串0的后面藏着一个1。沿着空无，坚持走到无穷大，最终一定到达尽头的1。”

“倘若玫瑰根本不说话呢？”狄安娜说，“倘若它们也根本不唱歌呢？这样的情况之下，猜中玫瑰所唱歌曲的概率又是多大？我来告诉你。假设玫瑰所唱歌曲数为0，等式就变成‘0除以无穷大’，结果等于0。这次不是什么‘特殊的0’，它就是一个简简单单、扁平滚圆的0，意味着没有玫瑰唱歌，没有聆听玫瑰的声音这回事。”

“是的。”泽内普·海涅姆说，“有两条道路可选。一条原地起步，原地结束；另一条则无尽伸展，通向无穷。回答‘玫瑰唱歌吗’或者‘我能听见玫瑰的声音吗’的问题时，我们就选好了要走哪一条路。这些问题只有‘能’或‘不能’两种回答，没有第三种选择。对回答‘能’的人，等式的计算结果是‘特殊的0’；而对回答‘不能’的人，结果如你所言，是‘简简单单、扁平滚圆的0’。这也解释了说‘不能’的那些人听不见玫瑰歌声的原因，他们没有聆听的打算。对这些人而言，双耳频率范围内的尘世俗音足矣，其他的他们没兴趣。”

“可是，由谁来判断答案的正确与否呢？”狄安娜问道。

“对错并不重要，狄安娜，关键是你的信念。问自己‘相信哪一个’，就这么简单。倘若你的回答是‘我听不见玫瑰’，那也没什么，没人会因此而责怪你。正因为有不相信的人，相对地，才有相信的人。如同白昼是由于有黑夜，黑夜是因为有白昼，道理是一样的。不要问‘谁更美，白昼还是黑夜’，问自己生活在白昼中还是黑夜里。问问你自己：‘我相信自己能听见玫瑰吗？’

“这个问题你一定得问自己。倘若你十分肯定地回答‘不能’，那么，你没必要踏入花园半步，其间的艰难险阻、痛苦失望，还有沮丧失败，你也就无须面对。首先，用不着再听我发号施令，用不着一日复一日、一月复一月甚至一年复一年地守候在玫瑰旁，等待那不易的开口说话。一切都会更舒适、更惬意。比如，你可以躺在床上，睡到自然醒，不必一大早起床赶来花园。那样一定更享受，你说呢？”

泽内普·海涅姆顿了顿，又继续说：“其实，一切都取决于你是否相信自己能听到玫瑰的声音。设想一个人坚信能聆听玫瑰的声音，那么，对他而言，什么更享受：睡觉，还是苏醒在聆听玫瑰歌唱的希望里？

“狄安娜，你是那些说‘是的，我能听见玫瑰的声音’的人中的一员吗？”

泽内普·海涅姆停了一会儿没说话，等待狄安娜的回答，但她什么也没说。

“我知道了。” 泽内普·海涅姆说，“你给出了答案，那也正是你今天来到这里的原因。”

“可我没给出什么答案。”

“我若想听答案，便能听到。有时候，沉默不语比言之凿凿的誓言更具信服力。”

狄安娜沉默不语。

“不过，光相信玫瑰能唱歌还不够，还不足以了解它们唱的内容。要想了解，只有两种办法：亲自聆听，或是从听过的人那里打听。”

“亲自聆听当然最好。玫瑰的歌声悦耳动听，仙乐飘飘令人忘我，情不自禁徜徉于玫瑰的世界。转身回归现实，已是满身馨香。芬芳的香气不再是玫瑰散发的，而是自你心中由内而外地弥漫，因为这时候你终于领悟了‘对玫瑰负责’的含义。”

“等一下，”狄安娜突然打断她，“玛利亚给父亲的辞别信里说了同样的话。她写道，离家是因为终于领悟到‘对玫瑰负责’的含义。写信之时，玛利亚一定是想着来找你的。她要来找你，所以才会离家出走。”

狄安娜陷入了沉思。过了一会儿，她说：“信中玛利亚称您为‘知情人’。有些事情我很想知道，泽内普·海涅姆。是感官之外的事，但跟玫瑰无关……”

“是你妈妈的事，对吗？”

“你怎么知道的？”

“当时，玛利亚也是想了解同样的事。玛利亚怎么做的，你就怎么做吧。她在这儿的时候，祈求上帝带给自己妈妈的信息。就算谁都不知道你妈妈的情况，上帝总会知道的。问上帝吧，他会回答你的。虽然你听不到上帝的声音，但上帝能听到你。”

狄安娜一脸狐疑。

“上帝从来不会弃人于不顾，狄安娜，尤其是衷心等待母亲信息的人。上帝创造了人类，他博大而慈爱，不会让我们感觉孤单无助。有人以为，上帝太伟大，太崇高，哪有空管我们日常的琐碎小事。可是，恰恰相反，正因为上帝伟大、崇高，所以人类最琐碎的事他都为之操心。”

泽内普·海涅姆眼睛熠熠生辉：“狄安娜，上帝很在乎我们，真的在乎，而且用最好的方式关心我们。他关心狄安娜，关心玛利亚，关心泽内普，关心我们每一个人。上帝与我们同在，但认识到这一点，我们必须和上帝在一起。玛利亚感应到上帝的照顾，所以她才向上帝祈求，赐予母亲的信息。”

“我也曾祈愿。”狄安娜说，“我无数次祈求上帝，请求他告诉我妈妈的消息。我恳求上帝，但从未得到任何回复。我很抱歉这么说，可是上帝确实对我不闻不问。”

“不，他没有。可能是人们不了解上帝传递信息的方式。他有时通过梦境，有时通过玫瑰，有时也许是通过一位母亲甚至乞丐捎去信息。”

“乞丐？！”

“我说错话了吗，亲爱的？”

狄安娜诧异得不知说什么才好，竭力让自己相信泽内普·海涅姆的话只是巧合。她掩饰住惊讶，示意泽内普·海涅姆继续说。

“狄安娜，玛利亚和你一样，也没听到你妈妈的信息，但她一定会听到。而且不是妈妈离开的信息，而是永远不曾失去妈妈的信息。”

“那怎么可能？”狄安娜的声音有些颤抖。

“只要上帝愿意，任何事都可能发生。上帝只要希望，就会把玛利亚母亲的信息传达给她。六十七年前，一个男人和一个女人相爱了，他们结婚了。两年后，两人有了一个女儿。医生断言，这个早产的女儿活不久，但女孩活了下来，而且还茁壮成长……许多年后，女孩长大了，成年了。一次去遥远的国度旅行，途中，她遇到了一位老园丁。园丁说能够教她听玫瑰说话。对此，她深信不疑。于是，之后的二十年里，她全身心投入聆听玫瑰的声音的努力中，其间经历了种种磨难。在别人看来，她的执著近乎疯狂，于是，周围的人们排斥她，丈夫也离开了她。最后，她别无他法，只得背井离乡，落脚在伊斯坦布尔。她在此地买下一栋带花园的房屋，全部时间都扑在玫瑰身上。不久，老园丁播在她心田的种子发芽了，最后，她真的听到了玫瑰的声音。

“狄安娜，你可知道这一切，以及与这一切有关的一切为何会发生？也许原因很简单，上帝希望玛利亚通过一枝玫瑰听到妈妈的呼唤。正因为如此，泽内普诞生到了世上，园丁被创造了出来，玫瑰也盛开了……”

狄安娜承认泽内普·海涅姆声情并茂，很富有感染力，但她所说的一切都是基于玛利亚能听到妈妈说话的假设之上，因此，她没从泽内普·海涅姆的话中得到宽慰。

“好吧。”泽内普·海涅姆说，“这些就是要讲的数学了，也是课程的开场白。我说得嗓子都有些哑了，我们休息一下吧。三十三分钟之后再在这里碰头，好吗？”

“好的。”狄安娜说，“不过我想问一下，玫瑰刚才唱的是什么歌？”

“我不能告诉你。” 泽内普·海涅姆说道，“如果我说了，你就不会努力去聆听了。”

29

两人休息完回到凳子旁，泽内普·海涅姆说：“现在，狄安娜，请你走过去，到喷泉那儿，仔细地洗洗头，洗完了再回到这里来。”

“我早上刚洗过头。”

“亲爱的，我知道。不过，现在请你走过去洗头。”

狄安娜耸了耸肩，径直走向喷泉。喷泉水冰凉，溅湿了她的衣裳。狄安娜在清晨的寒意中哆嗦着，不禁庆幸没在冬天来这里。洗完后，她拧干头发上的水滴，五指作梳，理了理头发，乖乖地回到凳子旁，宛若一个听话的女学生。

“现在，狄安娜，请你走过去，到喷泉那儿，仔细地洗洗头，洗完了再回到这里来。”

一瞬间，狄安娜有种似曾相识的感觉。不仅泽内普·海涅姆吐出的文字重复，就连她脸上的表情也与方才无二。狄安娜僵持了一会儿，纹丝不动地坐着，一句话也不说。

泽内普·海涅姆目光严厉，狄安娜最后放弃了对峙，再一次走到喷泉边，再一次用冰冷的水洗头发。洗完以后，她一边往凳子走，一边心中忐忑，担心泽内普·海涅姆让她同样的事再做一遍。

“就这样吧。” 泽内普·海涅姆说着，“现在你已经洗完了，我们开始上课吧。噢，先说一下，这节课如果上得顺利，下一节课我有惊喜给你。”

“什么惊喜？”

“都说是惊喜了呀。”

“明白了……插一句，等会儿进了花园，允许提问题吗？”

“当然允许。不过，我得说，在花园中所做的一切事情都是为了达成你的目标，事情背后的缘由你大可不必去了解。只要你不淡忘这段经历，迟早所有的疑问都会得到解答。

“在花园里时，你既是学生，也是老师。所有答案你已了然于心。我曾说过，你一度拥有聆听玫瑰的声音的能力。因此，我在这儿不过是唤醒你的记忆，帮你想起忘却的事情，仅此而已。聆听玫瑰很容易，很简单。你所要做的，只是唤醒忘却的记忆，或是忘却被世人硬塞的一切。”

“可我还是很想知道为什么要弄湿头发！”

“在花园里，任何问题都如同一粒种子，狄安娜。假以时日，种子会发芽，长出茎干，结出花蕾，最后开出朵朵鲜花。我敢保证，你一生都会记得，某个清冷的早晨，你无奈地洗着本来就很干净的头发，而且还接连洗了两遍。一旦经历，你就无法当做不曾发生。终有一天，这种‘曾经的经历’会告诉你一直寻寻觅觅的答案。好吧，这次我回答你这个问题……我让你洗头发是因为它属于狄安娜所有。”

“可我不就是狄安娜吗？！”

“你同意要抹掉过往履历的，对吗？”

“好吧，那为什么要洗第二遍呢？”

“第一次洗头你摆脱了狄安娜的发型，但你剪那个发型的思想仍在。”

“哦，所以洗过第二遍后，我便不再像狄安娜那样思考了，是这样吗？”她不免表示怀疑，“我不想妄加评论，但这一切听起来太形式主义了吧。”

“你说得没错，喷泉水濯洗不清头脑，但这是一种象征。此时，这象征看似无意义，但只要你将其摆在心上，总有一天，它会自我表明。这象征就像烙在你心中的印记，或许现在还不明显，待到时机成熟，它自然会清晰显现。”

“什么时候时机才成熟呢？”

“或许是在你发现掌握的知识于己无益的时候，或许是当你意识到其实人的认知就像阶梯，攀爬到高处用不着再走一遍迈过的台阶。”

狄安娜迫不及待要一睹花园实景，便咽下了涌到嘴边的其他疑惑。

30

进门时，狄安娜刻意低下头，却还是撞上了门楣。不过，脚一迈过门槛，眼前便一亮，一座美丽的花园呈现在面前。

花园里飘着朦朦胧胧的雾气，在清晨天光的晕染下透着淡淡的珠光粉色，给花园平添了几许神秘，却掩盖不住花园绚烂的色彩。园中，六角形地砖铺就的小径蜿蜒曲折；玫瑰伴着轻风摇曳身姿，与天空飞翔的夜莺相谐成趣。四周静谧无声，只闻鸟鸣啁啾，水流淙淙。

狄安娜双眼微闭，贪婪地嗅着空气中弥漫的馨香，呼吸之间仿佛身临某个世外桃源。过了一会儿，她看见泽内普·海涅姆脱去鞋子，赤脚踩进泥土里。

“来吧，亲爱的，” 泽内普 · 海涅姆说，“跟着我做。”

狄安娜脱掉鞋，照着泽内普 · 海涅姆的话做，一如之前去喷泉洗头般听话。

“我知道，问不问结果大概都一样，但我还是很想弄清楚为什么要把双脚蹭脏？”

“玫瑰向来谨慎，唯恐礼物太漂亮了，反容易忘记赠送礼物的人。”

“当然是这样啦！”狄安娜说道，“我怎么没想到这个呢？”

“玫瑰从不会忘记，自己的存在以及美丽的外表，都是土地赐予的礼物，它们每时每刻都记得这一点。它们很清楚，终有一天自己会枯萎凋谢，零落成泥只剩种子。而种子只有不忘记出身，方能被大地接纳。我们光着脚，踩着泥土，是要表明不忘大地。我们这么做，玫瑰会感激的。”

泽内普 · 海涅姆穿回凉鞋。

“到目前为止，我们所说的一切都是为聆听玫瑰的声音的旅程作准备。都是针对我们这样的探索者。但等下到花园中，就不应当再有什么探索者，我们得完完全全地融入玫瑰的世界中，奉献我们的一切，包括思想、心灵、灵魂，一切的一切。所以，狄安娜，假如你准备好了，我们就准备开始了。”

狄安娜点点头。

“很好。那么……你对玫瑰了解多少？”泽内普 · 海涅姆问道。

“一无所知。按你的方式，可说是一无所知。”

“非常好，这是一个良好的开端。那现在我就来告诉你聆听玫瑰的黄金法则吧。”

“黄金法则？”

“黄金法则是：了解你的玫瑰。”

泽内普·海涅姆爱惜地抚摸着左手边橙色玫瑰的花瓣，说：“要想了解一株玫瑰，唯有从另一株玫瑰入手。这是唯一可以真正了解玫瑰的方法。”

说完，她们往花园中央走去。走了一会儿，泽内普·海涅姆突然停住脚步，弯下腰去，她面前是一朵黄玫瑰。“你怎么了，黄玫瑰？我可从未看到你哭泣。这满园的欢欣，你却为何黯然流泪？”

狄安娜注视着泽内普·海涅姆，感到莫名其妙。玫瑰没发出任何声音，泽内普·海涅姆却一副用心倾听的表情，还时不时地点头，似乎在赞同着什么。

“十分抱歉，黄玫瑰，我也不太清楚。”她对玫瑰说着，“倘若这位客人同意的话，我很乐意听你从头道来。”

泽内普·海涅姆对狄安娜说：“黄玫瑰今天很忧伤，你介意我们稍作停留，听听她的故事吗？”

“您说什么呀？您明知我听不见她说话的。”

“我可以一边听黄玫瑰讲，一边转述给你听。”

“那好吧，虽然我觉得怪怪的。”

泽内普·海涅姆指指地面，狄安娜便盘腿坐了下来。倘若坐在这里能让一株玫瑰觉得安慰的话，何须在乎弄脏雪白的裤子呢？

泽内普·海涅姆对玫瑰说："这是狄安娜，玛利亚的孪生妹妹。"

"很高兴见到你，狄安娜。"黄玫瑰说着，不过是经泽内普·海涅姆的口表达，"若不是小夜莺告诉我，我还以为她是玛利亚呢！"

"很高兴见到你。"狄安娜回应着，看起来像自言自语一般。

"好吧，黄玫瑰。"泽内普·海涅姆说，"说吧，什么事令你如此伤心？"

"对不起。"黄玫瑰说，"我知道，在这个园子里，向来都是快乐的玫瑰。不过，今天是我纪念老朋友维纳斯失去香气的日子。每年的这一天我都会这个样子，请原谅……"

"不需要说原谅，黄玫瑰。"泽内普·海涅姆说，"表达快乐的最佳方式，有时是为朋友流泪……请告诉我们，究竟出了什么事？我无法想象你的朋友居然会失去香气。"

"好吧。"黄玫瑰说，"我就从第一朵有香气的玫瑰说起，我们的品种就是源自它，维纳斯的不幸遭遇也与其密切相关……

"一天，我们国家的苏丹王突发奇想，想要创造出一朵玫瑰，承袭他独有的香气。于是，苏丹王在花土里喷洒皇室香，还用长生不老药浇灌玫瑰，使其永不凋败。花朵盛开后，他称之为‘虚无玫瑰’。苏丹王精心挑选了这个名字，希望玫瑰牢记，没有苏丹王的皇室香，就没有它的馨香。在我出生的国度，玫瑰因为有香气才成其为玫瑰。

“过了一段日子，苏丹王希望与民同享皇室香，因此，他下旨把玫瑰从御花园移栽出去。没有了长生不老药的浇灌，玫瑰开始枯萎，但其孕育出子孙后代，它们逐渐将苏丹王的皇室香传播到了王国的每一个角落。

“维纳斯和我都是虚无玫瑰的后代，我们生长在一个小村落的广场上。我们怒放着生命，只为了一个目的：把苏丹王的香气带给每一个人。同时，我们也渴望着被人爱，渴望人们只因我们身上的皇室香而爱我们。

“村子里住着两种人：‘玛利亚那样的人’和‘其他人’。‘玛利亚那样的人’辨识出我们携带的是苏丹皇室香，他们喜欢我们的香气，他们对香气比对其他一切都更感兴趣。与之不同的是，‘其他人’只在意我们的颜色、我们的茎干、我们的花瓣，他们只在意眼睛能看到的东西……

“一天，村子里来了一个卖人造花的商人。假的，无生命的，无香气的玫瑰……谁会喜欢这样的花呢。可没过多久，‘其他人’开始风传：‘那个商人卖的玫瑰真漂亮，花瓣用丝做的，闪着绸缎的光泽，还不会褪色；更妙的是，花枝上没有

刺。’

“不久，商人卖出了大量‘玫瑰’，我们的村子变成了人造玫瑰的村子，到处都是人造假玫瑰。‘玛利亚那样的人’忍受不了，陆续离开了村庄。我和维纳斯都无比需要被人关爱，可在村子里只能看到‘其他人’。

“未承想，事情越变越糟，最终给我们带来了一场灾难。‘玛利亚那样的人’离去后，对爱的渴望，让我们开始按照‘其他人’的喜好改变起自己来。由于‘其他人’只喜爱我们的外在，我们变得愈益在意外表。我们努力挺直身躯，像人造玫瑰那样枝干没有弯曲；我们努力延长叶片在花枝停留的时间；我们甚至在伤感的时候摒弃哭泣，避免花瓣因泪水起皱。很快，我们的香气在不经意间开始消退。

“为了满足着‘其他人’的期望，我们变化着自己的样子，变化着花朵的颜色。他们说，‘长高些’，我们便长得更高；他们说，‘转向这边，转向那边’，我们便无声而匆忙地调整。‘其他人’按照自己喜欢的标准打造着我们，然后又对我们百般赞美。

“尽管如此，在内心深处，我们感受不到被爱。只有在意我们香气的人，才会真正地爱我们，因为玫瑰因香气方成其为玫瑰。‘其他人’对我们的感情，充其量不过是赞赏。

“我清楚地意识到了这些，但维纳斯却无忧无虑的样子。我提醒她，要她警惕。我告诉她，‘其他人’就像无形的飞虫，找到了我们的床，钻进了我们红色的欢欣，毁了我们的生命。我说：‘我们必须马上逃离此地，去“玛利亚那样的人”住的地方。’可她压根儿听不进我的劝说。‘你不正常啊。’她说。我没法责怪她，她说的是实话，村子里那时已经充斥着人造玫瑰，无香反而成了玫瑰的常态。

“我苦口婆心地劝说着维纳斯，这时，一群蚂蚁出现在我们身旁的地上。它们组成了一行文字：反抗‘其他人’。维纳斯轻蔑地瞥了一眼，嘟囔道：‘该死的蚂蚁，爬得到处都是！’

“我最终没能劝说维纳斯信我的话。我无能为力，不得不独善其身。得尽快离开村庄才好，可我又不知道如何离开。你知道的，玫瑰没有腿，没法自己走路。因此，我开始耐心等待，等着有人来把我连根拔起，带我离开。

“终于，有人来了：一个肥胖的男人，一个瘦弱的小孩和一头灰色的毛驴儿。男人和小孩看起来都疲惫不堪，可他们不骑着驴，反和驴并排走着。这太奇怪了，我有点看不明白。

“幸好，他们在近旁的树下停下来歇脚。小孩对父亲说：‘爸爸，我累坏了。我们差点死在路上，我们是不是哪儿做得不对劲？’

“‘闭上你的嘴。’那位父亲说着，扇了男孩一巴掌，‘徒步旅行就是这样的。’

“‘可我们有毛驴儿呀，爸爸！还是一头膘肥体壮的毛驴。’

“‘我叫你住口！我们一起骑驴的时候，你没听见人们是怎么说的吗？他们说：‘看这父子俩多狠心，两人骑一头毛驴儿，哪有这样虐待牲畜的！’村里其他人若是听见了，会怎么看我们哪。’

“‘我听见了。所以你就叫我下去了。可爸爸你倒好，舒舒服服地骑着驴走。’

“‘可后来又有人说：“看那个男人多狠心，他自己骑着毛驴儿，像个国王似的，可怜的孩子却走路跟在后头。”说话那个人我认识，是个地地道道的大嘴巴。村里其他人若是听见了，会怎么看我们哪。’

“‘哦，爸爸，于是你就下来把我放上去了。我舒舒服服地骑着毛驴儿向前走。’

“‘可后来呢？人们又说了，“看那个孩子多目无尊长，自己骑着驴安逸，老父亲累得都走不动道了”。我可不想听人指责我的孩子不尊重父亲。村里其他人若是听见了，会怎么看我们哪。’

“爸爸，后来我们不就都走路了吗！

“‘别说了，傻孩子。这样就不会有人再恶意中伤我们了。’

“正在这时，不远处一个男人对同伴说：‘看这两个傻瓜，他们有一头毛驴儿，却走了一路！’

“听到这话，父亲的脸红到了耳根，孩子却笑了。父亲还没明白，但他已经领悟了。事实上，孩子洞悉力很强。

“为了引起男孩的注意，”黄玫瑰说，“我拼命散发出所剩无几的余香。嗅到皇室香的芬芳，男孩转向了我。孩子们都喜欢苏丹王的皇室香。

“天黑以后，男孩把我轻轻拔起来，放在了驴背上。

“临行前，维纳斯对我说了最后几句话：‘黄玫瑰，你说离开是为了保住馨香，可我觉得，你的香气很久以前就已消失殆尽。’听她说这话，我明白维纳斯已经完全失去了香气。一滴泪珠从花瓣上悄然滑落。每株玫瑰都是另一株玫瑰的镜子，看别的玫瑰就知道自己的香气是否依然。

“次日清晨，男孩的父亲瞧见了我，他斥责儿子不应当用毛驴儿驮‘没用的东西’。他带我到市场，把我卖了。在无数人手中流转之后，我被一位爱玫瑰的人买下来，送到了你的花园，养复馨香。我在这里真的很开心，然而，每年的今天，我都会情不自禁地想起维纳斯，想起我们的别离时刻。”

片刻的沉寂。

“黄玫瑰故事若是讲完了，”狄安娜说，“我有个问题想问她。”

“问吧，亲爱的。”泽内普·海涅姆说。

“黄玫瑰，真正的玫瑰，比如你，会因人造玫瑰的存在而感到烦恼吗？”

“为什么要烦恼？”黄玫瑰说，“人造玫瑰之所以存在，是因为世上有真玫瑰。它们的存在恰恰显示出我们的价值。没有价值的东西，谁又会模仿它做人造的呢？”

狄安娜点头表示认同。

“我还想问你，”她又转头问泽内普·海涅姆，“黄玫瑰讲的那个父亲和儿子的故事，我以前好像听过。如果没记错的话，很久以前，妈妈跟我讲过类似的故事。这有可能吗？”

“为什么不可能？”泽内普·海涅姆说，“黄玫瑰所说的父亲和儿子的故事，就好像本地的纳斯列丁·霍加（Nasreddin Hodja）的民间传说一般家喻户晓。不过霍加可不像黄玫瑰碰到的父亲，他善良得多，也更有爱心。”

狄安娜听糊涂了，她看着泽内普·海涅姆，盼她作出更详细的解释。

“干吗如此诧异，亲爱的？纳斯列丁·霍加也是一名园丁，他的故事自然也受玫瑰们尊崇。”

泽内普·海涅姆站起身：“那么，狄安娜，今天就到这里。明天的课早上 5 点 57 分开始。”

31

第二天早晨，狄安娜又是早早就起床了。她昨晚很晚才睡，躺在床上一直在想第一堂课上的情形。早起让她感觉很困，没睡够。脑子里倒是满满的，全是关于泽内普·海涅姆、花园、黄玫瑰讲的故事，还有聆听玫瑰的数学运算……

想了一晚上，狄安娜能稍许接受昨天的事了。而且，她觉得自己现在能从聆听玫瑰的数学等式中得到些许安慰。

既然这个等式适用于任何有无数个答案但人类五大感官却无从解答的问题。那么，解答“在妈妈身上发生了什么事”和回答“玫瑰唱的什么歌”同理。也就是说，她知道“在妈妈身上发生了什么事”的概率为零——或者说至少是一个“特殊的零”。如此一来，她认定妈妈不在世上的想法就不正确了。狄安娜高兴起来，第一堂课至少让她认识到了这一点。

她套上红衬衣和蓝仔裤，匆忙准备着上第二堂课。还好今天用不着折腾头发了。

快要迟到了，狄安娜冲下楼梯，想赶在5点57分前到凳子那儿。到了后，她看到泽内普·海涅姆已经在等着了。

“早安，狄安娜。请问现在几点了？”

看到手表指针才过了约定时间一分钟，狄安娜不禁松了一口气。

“哦，早安。现在是5点58分。”

“我想是的。今天的课不上了。”

她一定是开玩笑！

“请原谅。”狄安娜说，“您确实叮嘱过我时间。我也知道不应当迟到，一分钟也不应当，但是——”

“不需要说原谅，亲爱的。我已经懂得聆听玫瑰的声音，这个时间是给你定的。这节课推迟到明晚6点19分吧。”

“您不是说真的吧。”

泽内普·海涅姆不置可否。

“真不敢相信。我早上5点半就起来了，照你说的，没梳头发，闪电般准备好一切，然后冲到这里来。我非常非常期待这堂课，信不信由您。可是现在，您居然说取消就取消了，原因只是我迟到了区区一分钟。”

泽内普·海涅姆轻轻挽起狄安娜的手，将她带至花园门口。她手用力一挥，好似把整个花园都握在了手中。“狄安娜，看，这有那么多玫瑰花丛，有成百上千朵盛开的玫瑰和含苞待放的花蕾。玫瑰花开香满园，连空气的味道都盖过了……很美吧？”

“是的，我发自内心地赞同您的话。不过，我不太明白您想……”

“撒下满园的花种，不过一分钟的工夫。梦再长，现实世界可能过了还不到一分钟。这也许是想向人们说明，实现梦想无须付出一生的努力。但有一点很确定，即每一分钟所蕴藏的力量。一分钟逝去了，就再也弥补不回。或许，连接5月21日5点56分和58分的中间这一分钟，正是你能听见玫瑰的时间呢。”

回房间的路上，狄安娜心想，或许今天的课并未推迟。

32

狄安娜一直待在宾馆，已经一天半没出门透气了。不过，她倒没觉得乏味，脑子里被孪生姐姐的事给塞得满满的。玛利亚跟泽内普·海涅姆说过，一周之内会过来。也就是说，狄安娜很快就能见到她，也许就在今明两天，最晚也就这几天了。

花园的经历，尤其黄玫瑰讲述的故事，让狄安娜深深思考起自己和玛利亚，她与孪生姐姐的会面也因此而变得波澜起伏。尽管如此，她已是迫不及待，想要立刻见到玛利亚。

同往常一样，泽内普·海涅姆踩着点到了地方。

“今晚过得好吗，亲爱的？我们直接进去花园吧。你一定等不及想知道那个惊喜了吧，第一堂课上我许诺过要给你一个惊喜的。”

走了一小段路后，泽内普·海涅姆在一朵桃色玫瑰面前停住了脚步：“噢，不，不是她。”

她退后几步，扭头对狄安娜说：“她问你是不是玛利亚。”

“这个花园中的一切似乎都与玛利亚有关呢。”狄安娜说道，“昨天和黄玫瑰在一起时，我就想问你了，但后来忘记了。那么多年前来过的人，玫瑰们怎么一眼就认出来了呢？”

“虽然玫瑰花开最多几周时间，但玛利亚来这里的时候，这园中多数玫瑰花从都曾见过她。玛利亚给它们留下了深刻的印象，它们都说玛利亚‘如水一般’。在玫瑰的语言中，若说一个人‘如水一般’，那是最高的评价。玫瑰本身也‘如水一般’，一眼就能看透，表里如一。因此，它们希望人们也能如此。玫瑰们觉得，玛利亚方方面面都符合它们的标准。

“它们要我转达玛利亚，说她很特别。当我跟玛利亚说时，她羞得脸通红，回答说：‘若说我有什么特别，我只是热爱玫瑰罢了。’玛利亚定义自己的价值在于对玫瑰的热爱，这让玫瑰们异常开心。于是，它们便衷心希望玛利亚能听见它们的声音，不过这在那时还不可能。玛利亚先得长大到一定的程度才行。

“玫瑰们确信，有一天玛利亚还会来花园，回来聆听玫瑰的声音，那历经几度花开花落后的玫瑰的声音。它们开会讨论，一致决定，每朵玫瑰在凋谢之前，都要把所知的玛利亚的信息传递给将在自己身后开放的花蕾。相应的，花蕾又会将信息传给下一代花蕾，如此一代传一代，生生不息。就这样，玛利亚的品质多年来一直被传递，留存至今。自玛利亚来过花园那天起，园子里开放过的每一朵玫瑰都有了一个心愿，期盼自己能成为'幸运一代'中的一员，即能与玛利亚交谈的玫瑰中的一朵。

"此外，那次会议还通过了另一项重要决定：让玛利亚听见玫瑰苏格拉底的声音。"

"苏格拉底？"

"他是园中最珍贵的玫瑰，也是学习聆听玫瑰艺术的最后一步。苏格拉底只通过吟诗与人对话。玛利亚在此地时没有见苏格拉底，她那时尚未准备好。但自那以后，园子里的玫瑰都希望有幸能亲眼目睹苏格拉底和玛利亚那激动人心的会面。"

狄安娜觉得像在听童话故事。真实与虚幻交织在一起，她不知作何感想，也不知作何感受。好在她现在终于知道玛利亚第三封信中提到的苏格拉底是谁了。

狄安娜的目光在园中搜索，寻找花丛中鹤立鸡群的玫瑰，但玫瑰们看上去都一样漂亮，没有谁比谁更漂亮。

"我们能看见苏格拉底吗？"狄安娜问。

"你若真心想见，当然就能看到。事实上，这就是我为你准备的惊喜。跟我来。"

走了几分钟，快到花园的尽头了，玫瑰花丛落在身后好远。到了一处约一米见方的空地时，泽内普·海涅姆停了下来。

“就这里了。” 泽内普·海涅姆说。

花园里几乎到处都是密不透风的玫瑰花丛，只有这块地例外。狄安娜默默等待着，泽内普·海涅姆站在一旁，纹丝不动。

过了一会儿，狄安娜忍不住了，话语脱口而出：“我们为什么要这样站着？不是去见苏格拉底吗？”

“他就在旁边。苏格拉底正光彩夺目地立在你面前！”

“开玩笑吧，是不是？拜托，你一定是开玩笑。”

泽内普·海涅姆手在空中握成杯状，仿佛捧着一朵玫瑰花似的。“看，多漂亮的玫瑰啊。”

话音刚落，她又后悔地摇着头：“对不起，狄安娜，你看不见的事物，我不应当说有多美的。”

狄安娜看着她，惊讶不已。泽内普·海涅姆问她：“你并不相信苏格拉底在面前，是吗？”

“呃，确实有点困难。”

“既然这样，那我问你，” 泽内普·海涅姆说，“其他人让你相信了这么多年玫瑰不说话，为什么你不愿花上哪怕一秒钟，相信你看不到眼前的玫瑰呢？”

不等狄安娜回答，她又指着空地说：“苏格拉底一周前才被移栽到这里。我想把他作为礼物送给玛利亚，因此将他托付给朋友，一位苗木培育师，拜托他帮助苏格拉底作一些必要准备。”

“噢，我明白了。”狄安娜说，“呃，真得解释给我听才行。好大的惊喜啊！我差点惊得跑开。”

“我要向你道歉，狄安娜。” 泽内普·海涅姆说，“其实根本不存在什么善意的谎言……谎言就是谎言。但若说谎是为了圆更大的谎，比如玫瑰不说话的谎言，我觉得应当予以原谅。尽管如此，我仍然需要道歉，希望你原谅我，我的初衷是好意的。”

狄安娜笑了：“没关系。”

回到花园门口时，泽内普·海涅姆说：“明天的课推迟到下午3点51分吧。但上午9点半左右在房间等我，我们乘船游览博斯普鲁斯海峡，你觉得怎么样？”

“噢，那太好了！”

33

博斯普鲁斯观光之旅非常精彩，回到宾馆后，还有一阵子才上课。狄安娜便进房稍事休息。她依然沉浸在泽内普·海涅姆陪同下的美好游览时光中。

上午，泽内普·海涅姆到房间接上狄安娜。先是驱车去了附近沿海一个叫欧塔寇的小社区。在当地一家小餐馆吃过卡巴（一种土耳其烤肉）后，她们来到一座清真寺。清真寺全部用石头砌成，装饰华丽，寺前就是码头。她们在码头登上私人小艇，驶往博斯普鲁斯海峡。

海面蔚蓝而平静。她们先沿着欧洲海岸扬帆，一直航行至如梅利古堡，小艇又穿越海峡到亚洲海岸，然后顺流直下，冲向马尔马拉海。在入海口附近，她们停船在一座小岛吃午餐。著名的女儿岛（Maiden's Tower）就在这里，关闭了几个世纪后，最近才对公众开放。狄安娜觉得卡巴已经吃得很饱，用不着吃午餐了，然而一道又一道奥斯曼佳肴端上桌，看得她口舌生津，不禁食指大动。

泽内普·海涅姆叮嘱过，课程之外不得谈论任何与玫瑰和玛利亚相关的话题。一路欢声笑语，她们甚至还比赛说笑话，看谁讲的笑话可乐。

狄安娜觉得，这半天让她特别难忘的游览，泽内普·海涅姆一定费了番心思。被如此细心照顾，她不禁怀疑，莫非泽内普·海涅姆又误把她当成玛利亚了？

下楼上课途中，狄安娜想，先前泽内普·海涅姆脸上一直挂着笑容，但现在为了配合“聆听玫瑰之技巧”的严肃性，会不会换上了另一副不苟言笑的表情了呢？

约定的时间一到，泽内普·海涅姆的声音响起：“亲爱的，我们直接去花园。来吧，别浪费时间。”

泽内普·海涅姆步履匆忙，沿着园中小径大步向前走，狄安娜紧随其后。到了花园中央，狄安娜看到路边摆了一个硕大的陶罐，前几趟来都没见过这个容器。陶罐中是两朵玫瑰，一朵猩红，一朵雪白，茎干像蔷薇般紧紧缠绕在一起。

红玫瑰的花朵昂首挺胸，白玫瑰却低头向地。它们的枝干和花叶互相缠绕，若不细看，会以为陶罐里只有一株玫瑰，开了两种颜色的花朵罢了。

“这是苏格拉底吗？”狄安娜问道。

“不是，陶罐上写着名字。”

狄安娜弯下腰，看到陶罐上用极小的字写着“以弗所”。

“以弗所……那座古老的城市？”

“正是。位于土耳其西部，现在塞尔库克所在地。”

“陶罐从那里运过来的吗？里面除了这两株玫瑰没看到别的，你打算把它们也种在花园里吗？”

“是的，从以弗所送来的。送来后一直保存在屋内，昨晚才拿出来。以弗所玫瑰是否要种在此处全看它们自己了，要观察三天的时间。届时，要么在这园中栽种入土，要么送回以弗所。会给它们安排一场测试，然后根据结果决定其去留。”

泽内普·海涅姆让人摸不着头脑的言辞，狄安娜已是司空见惯。“什么测试？”狄安娜淡淡地问着，似乎玫瑰在栽种前经过测试是件再自然不过的事。

“这园中的玫瑰有一项很重要的品质，就是无论颜色、大小还是品种，都能与他人和谐共处。园中的生活拒绝争吵，拒绝嫉妒，也拒绝虚荣。所以，每种植一株玫瑰，我们都千挑万选，小心谨慎。玫瑰们会互相影响，周围玫瑰什么样，一段时间后，它就会变成什么样。用一句俗话来描述很贴切：‘近朱者赤，近墨者黑。’这也就是为何种玫瑰前我们总要设法搞清楚，新来者对园中其他玫瑰是否有消极作用。

“而且，以弗所玫瑰的情况格外特殊。两株性格迥异的玫瑰在同一个陶罐生长，才会形成这种双头玫瑰的形状。它们在一起生长了一段时间，根系彼此缠绕，难以分离。这种玫瑰的少有之处在于它们经常争吵。若想入此园，它们必须先向我们证明，能够‘合二为一’，消弭一切分歧。”

泽内普·海涅姆仔细看了看以弗所，继续说着：“恐怕不容易啊。她们尽管品种相同，亦长于同样的土壤，看待自我的方式却大为不同。红玫瑰过去种植于以弗所的阿耳忒弥斯神庙，白玫瑰虽然也生活在以弗所，却是在圣母玛利亚小屋。红玫瑰认为自己就是阿耳忒弥斯，贵为狩猎女神，别人若称呼她其他名字，一概不予理睬。白玫瑰对称呼没有特别的讲究，我们一般都叫她米利亚姆。”

“你刚刚说‘狩猎女神’？”狄安娜问，“狄安娜不就是狩猎女神吗？由于我叫这个名字，朋友们有时候就称我为‘女神’……”

“是的，在罗马神话中，狩猎女神叫狄安娜，不过在希腊神话里，则叫阿耳忒弥斯。阿耳忒弥斯的传说流传更久一些，经过一些改编变成了拉丁语中‘狄安娜’的故事。”

沉默了一会儿，狄安娜问：“这两株玫瑰争吵什么？”

“我把她们之间的对话复述给你听好吗？”

狄安娜很想掩饰自己的真实想法，不让泽内普·海涅姆知道，可又非常想听阿耳忒弥斯和米利亚姆的对话。

“好呀。”她故意略作矜持地说，“如果不影响我们上课的话……”

泽内普·海涅姆在陶罐旁的地上坐下来，狄安娜也跟着坐下了。

“你好，以弗所。”泽内普·海涅姆打着招呼，“我们在旁边听你们说会儿话，可以吗？”

旋即，她又扭头对狄安娜说：“阿耳忒弥斯骂我了，她说：‘我叫阿耳忒弥斯，不叫以弗所，你这个老女人！’既然她一定要这样，那我就用她们各自的名字分别称呼吧。我会逐字逐句转述她们的谈话，一字不落。你准备好了吗？”

狄安娜点点头，泽内普·海涅姆便开始重复起阿耳忒弥斯和米利亚姆的对话：

“你不能礼貌些吗，阿耳忒弥斯？”米利亚姆说道，“我们叫什么其实并不重要。”

“你说‘并不重要’是什么意思？”阿耳忒弥斯说，“我有名字，一个在各种语言中都尊贵无比的名字，一个人们极力赞颂的名字。我叫阿—耳—忒—弥—斯。我的名字家喻户晓，众神都知道我。我就是高贵、受人膜拜的阿耳忒弥斯，我的美丽无人能比。我可是女神，不像你，只是一朵花。花再漂亮也只能拿来装点我的神庙。”

“你注意到了吗？”米利亚姆问。

“注意到什么？”

“你的话每一句都带着‘我’、‘我的’。”

“我当然要说‘我’、‘我的’！阿耳忒弥斯都当不起这么说的话，还有谁能当得起？难道说你这样的臭花也配吗？”

“你总说，你是女神，而我只是花。可你知道事实是什么吗？”

“事实是什么？”

“噢，算了。我可不想令你徒增烦恼。”

“就凭你？让我烦恼？太可笑了，你这卑贱的花。一朵花还能让阿耳忒弥斯烦恼吗？哈哈，哈哈，哈哈哈……你说呀，可笑的花，我倒要看看你怎么让我烦恼。”

“那我就说了，阿耳忒弥斯。不过，请你先说说阿耳忒弥斯是谁？说出来，让整个花园都听到。”

“废话！谁不知道阿耳忒弥斯？谁不认识我？”

“现在可不在你的神庙，阿耳忒弥斯，这儿是玫瑰园。玫瑰们可能不知道你是谁。是不是它们没资格知道尊贵的阿耳忒弥斯是谁呀？你这么伟大，就请你说说你的伟大事迹吧，我们会感到很荣幸的。”

“花儿，这次你算是说了大实话。每个人都有资格听闻我的伟大，玫瑰当然也不例外，它们也应当了解阿耳忒弥斯是多么了不起的一个神。那么，各位肃静，听我说……

“咳！……我是阿耳忒弥斯，是众神之神宙斯之女。我以前住在以弗所，那座城市因为我的神庙而闻名，而不是因为什么圣母玛利亚那破旧的小村舍。这里顺便提一下，我的神庙可是世界七大奇迹之一呢。几百年来，我坐在神庙接受众人的顶礼膜拜。成千上万的朝圣者蜂拥而至，他们为了我甘心情愿长途跋涉。他们争先恐后地来到神庙，互相推搡踩踏，只为了赞美我，歌颂我，在我面前躬身低头。

“你体会得到吗，你这一文不值的臭花；现在看到阿耳忒弥斯的伟大了吧？你这样的花只配被那些朝拜者采下来插入花瓶。他们捧着花瓶，卑微得像奴隶一般，毕恭毕敬地跨过门槛，献到我面前。

“你们，园中的玫瑰，听到我说的了吗？你们现在知道阿耳忒弥斯有多伟大了吗？

“果不其然，我就猜到你会这么说。”米利亚姆说道，“我说跟我们讲讲你的事迹，你却滔滔不绝地说你的父亲，说神庙的辉煌，说那些赞美你的崇拜者。我可没让你说这些，我问的是你是谁？”

“你这可怜而卑贱的花，你究竟想说什么？不是想知道我是谁吗？记住我伟大就可以了。伟大，这就是我。”

“你凭什么认为自己如此伟大呢？”

“若不伟大，怎会有成千上万的人崇拜我？他们怎会用尽溢美之词赞颂我？又怎会甘愿俯首为我奴役。”

“事实其实是，”米利亚姆说，“你才是受奴役的人。只是你不愿承认罢了。”

“噢，你这是嫉妒，一派胡言。”

“这是事实，你确实是他们的奴隶。说真的，阿耳忒弥斯是谁？不过是一个虚构的人物，其他人塑造了她，又崇拜她。是谁创造了阿耳忒弥斯？不正是那些你鄙视的人吗？他们先在心中虚构出一个美女的形象，然后用赞美声把你打造成虚构形象的模样。他们狂热地崇拜你，为你奉献一切，可你千万别被蒙蔽了双眼。是他们创造了你，决定了你的品性，也是他们在歌颂你。你无法独立存在，只有依赖他们才行。有了他们的赞美，他们的崇拜，他们的拥护，你方能存在，你倚赖着其他人。”

“你扯得太远了，臭花！自己先照照镜子吧，居然用这种语气和我说话，你以为你是谁，卑贱的东西！”

“你说得对，我没什么了不起的，我是一株玫瑰……无论有没有人崇拜，无论有没有人为我狂热，我都是玫瑰。我说过，没什么了不起。只是一株玫瑰……可是，作为玫瑰意味着什么，你知道吗，朋友？意味着‘自由’。意味着无须倚赖其他人的赞美而存在，也不会因为他们的否定而不存在。别曲解我的话，我也热爱人们，我也希望他们来拜我，嗅我的香气。但我只是单纯地希望他们来拜，来嗅，这样我才能把我的香气传给人们，让他们分享。

“没错，也许我永远不会有你那么多的拜访者，也许来探访圣母玛利亚小屋的人根本没看到我这株小小的玫瑰。然而，总会有那么一群人，他们会注意到我，但别把他们跟你的崇拜者混为一谈。”

“当然不会，怎么可能？”阿耳忒弥斯说，“来膜拜我的人可是成千上万的！”

“你还记得吗？晴天里蜂拥而至的那些人，秋天来临之际，却一个接一个地抛弃了你，及至寒冬，你的周围再也看不到一个人。你的骄傲只会加剧孤独寂寞的清冷感，而且，由于那什么都不是的骄傲，你甚至不能哭泣。春天里人们把你抬得越高，秋天时你就越感失落。季节的变化瞬间就能把你击垮。”

“胡说八道！秋天本来就是这样。”

“玫瑰可不会这样，阿耳忒弥斯……对玫瑰来说，秋天意味着丰润的雨水，意味着孕育来年的春天。为玫瑰而来的人可不像去膜拜你的人那样不忠诚。你的崇拜者对你顶礼膜拜是为了他们自己，但来看我的人是为了我的香气而来。我从未期望过他们在我面前躬身低头，那根本不是爱。爱不会让施爱之人变得卑贱，只会让他们更显高贵。

“噢，你这不值一文的花，你又怎知被崇拜的美妙滋味？”

“很抱歉，朋友，但那些现在对你全心全意的人，总有一天会抛弃你的。他们崇拜的并不是你，他们崇拜的是自己澎湃的热情。有一天他们的热情会找到另一个女神来崇拜，一个更美丽、更迷人、更性感的女神！而你，则会被慢慢遗忘。由于你基于他们的赞美而存在，所以，一旦被遗忘了，你也就不复存在了。”

“不是的，我是永生的！你才是终有一死的那个，你难道忘了吗？”

“是的，我不能长生不老。终有一天，我将凋谢枯萎，零落成泥。我会枯萎，然而我的生命并不就此终结，泥土很快就会养育出又一株玫瑰。除了因为香气而爱我的人，不会再有人记得我了。没人想到枯萎的玫瑰还会散发迷人的香气，但我的余香却依然在空气中飘忽，朋友们呼吸之间闻到这香气，笑容便在脸上如花绽放。那时，我就可以说，‘这一生我没有虚度’，‘花开前在黑暗中的漫长等待不是毫无结果’。那时，我会这样说：‘我很高兴自己满足于做一株玫瑰。’

“朋友，希望你也能满足于做玫瑰。别再掩耳盗铃了，探出你玫瑰的真实面孔，与我合二为一。来吧，我们一起恳请园丁打破陶罐。你难道不明白，多么非比寻常的陶罐，也养不下真正的玫瑰。”

“我不是玫瑰，你这愚蠢的花！”阿耳忒弥斯叫道，“我是女神。”

“倘若戴着‘伟大之面具’让你觉得开心，那就别取下来，继续戴着吧，继续每句话里带着‘我’。不过，你要知道，这是要付出代价的。你要知道，说话总说‘我怎么样’的代价就是忘记了真正的自己……”

“园丁，你这个老女人！快把这无可救药的花拿走！”

“你知道的，朋友，”米利亚姆说，“我们是不可能分开的。喜欢也好，讨厌也罢，这一生我们都将在一起。如果我们一直这样下去，同一个陶罐里发出两个不同的声音，我们不仅自己无法获得安宁，还会毁掉其他玫瑰的安宁，甚至破坏人们彼此之间的和谐共处……闻香人会听到我们两人互相矛盾地说着话。这一刻你还说这样呢，下一刻我又说那样了，这一刻还是阿耳忒弥斯呢，下一刻又变成米利亚姆了，没完没了，而且有时候我们还会同时发声，我们自己在陶罐里吵闹还嫌不够吗，还要把争吵的噪声带给人们？我们没有权利让人们烦恼，也没有权利让自己不愉快。”

“如果是这样的话，”阿耳忒弥斯说，“那就服从我的声音，变成我！”

“如果可以，我早就那么做了。我会和你保持同一个声音，向世界大声宣布我是阿耳忒弥斯。但我不能，不仅因为我知道自己是一株玫瑰，而且因为我知道你也是一株玫瑰。也许我可以不管自己，但我不能不管你，因为要看着你，我才能清楚地了解自己。”

“你胡说，我是阿耳忒弥斯，你只是一株可怜的玫瑰。”

“阿耳忒弥斯，我听见人们称你为‘可怜人的庇护者’，我还听说你的箭能给人带去猝然而甜蜜的死亡……是这样吗？”

“是的，没错。”

“好吧，既然你说我是可怜人，那你来庇护我吧。庇护我不受你的欺辱！就现在，此时此刻，来吧！拉紧弓，搭上箭，给你自己一个猝然的甜蜜死亡。别害怕，你不会因此而消失的。阿耳忒弥斯现实中从来不曾存在过，又如何能终结其存在呢？不过，一旦你那虚幻的自我品尝过甜蜜死亡的滋味，你将获得重生，重生为一株玫瑰。要这么做并不容易，我能理解，但我希望你能给自己一次尝试的机会。”

“怎么样，阿耳忒弥斯……你愿意吗？”

阿耳忒弥斯没有回答。

米利亚姆说：“你回想起玫瑰的时光了，对吗？”

泽内普·海涅姆沉默了，良久，她才对狄安娜说：

“阿耳忒弥斯拒绝了米利亚姆的请求。”

“她说什么了吗？”狄安娜问道。

“什么也没说。”泽内普·海涅姆说着，站起身来，“今天讲了很多了，就到这里吧，亲爱的。明天的第四堂课，也是最后一堂课，凌晨4点01分开始。”

狄安娜突然觉得，自己身体各部分，尤其是大脑，好似已经麻木了。心中有许多疑惑亟待解答，但她选择了暂时沉默。

34

狄安娜穿着白色睡袍，站在一号房间门口犹豫不决。已经半夜了，泽内普·海涅姆会如何对待她这位不速之客呢？

若按捺住再等三小时，就不需在这极不恰当的时间打搅泽内普·海涅姆，届时，狄安娜可以在花园面对她，道出心中一切疑问。可一想到等待的时间免不了在床上翻来覆去，难以成眠，她便没法忍受。

狄安娜轻轻叩了叩房门。

泽内普·海涅姆几乎在瞬间把门打开了。狄安娜一眼就看到，她身上的白睡袍与自己的极其相似。事实上，是同一款式的。

“十分抱歉打扰您。也许您已经睡着了，也许我违反了您的规定，可我实在等不下去了。我迫切需要跟您谈一谈，我知道时间不太合适……”

“现在是半夜一点钟，亲爱的，我正要睡着。这会儿敲谁的门都不合适，更别说我还是一个上了年纪的老人。”

她说得没错，狄安娜实在没理由怪她，此时此刻，她惭愧得真想找个地洞钻进去。

“进来吧。”泽内普·海涅姆说。

“可你刚才说——”

“这会儿来敲我的房门，你得鼓起多大的勇气，你以为我不了解吗？可是你来了，敲了门，可见，今晚要你躺在舒适的床上安然入睡恐怕不容易！通常这种情况下，一个人总有要紧的事要说。所以进来吧。”

狄安娜低头走进房间。

房内灯光朦胧，她们挨着窗户面对面坐下，窗外就是花园。

“从哪开始说呢……”

“挑你觉得最困扰的地方开始吧，其他等下面再说。”

“玛利亚，”狄安娜开始说起来，有点语无伦次，“玛利亚和我……玛利亚……她总在我心里挥之不去。我阻止不了自己，总是想起她……我知道，没多久我们就能见面，也许就在明天……可是我在这里所经历的一切，我在花园里的所见所闻……”

说到这里，她停了停，仿佛整理了一下思路，然后继续说：

“一直以来，我逼自己相信玛利亚疯了，直到遇见了您。我不愿考虑其他可能，毕竟她在信中说什么‘与玫瑰对话’，这太荒唐了……可我觉得，我躲避玛利亚的原因并不是这个，而是因为她让妈妈在生命最后的日子里忧心忡忡。此外，读她那些信时，我有种说不清的感觉，这种感觉我自己也不敢承认，我担心会把自己给毁了……”

“是什么样的感觉呢？”

“仿佛玛利亚是我一直希望成为的那个人，但我没做到。我不禁觉得，玛利亚特别特别像妈妈……”

狄安娜叹了口气，又说：“女儿像妈妈，这本来没什么。可是，一岁起就和妈妈分开的女儿，居然比和妈妈共同生活了二十四年的孪生妹妹更像妈妈，这让孪生妹妹太难以接受了。尤其是孪生妹妹发现这事，正想要多了解妈妈时，妈妈却因病离开了；她甚至没有机会告诉妈妈，自己多么希望能像妈妈一样……”

狄安娜眼里充满了泪水。泽内普·海涅姆把椅子拉近，握住她的手。

“别自责了，亲爱了，这样的妈妈肯定早就知道女儿想说什么了，即使女儿没有机会说出口……”

“来到这里以后我才发现，妈妈身上闪光的东西，我一直抗拒不学，然而玛利亚却从您这儿学到了。这也是我没法跟玛利亚一样的原因。”

“为什么你觉得自己不能和玛利亚一样呢？”

“妈妈以前常说，‘拥有自我方能与众不同’，可我当时听不进妈妈的话，不想理解她话的意思。那时候，我总是希望拥有另外一些东西：其他人的关注，人们的赞美，一切让我觉得与众不同的东西……”

“我是那种没有人赞赏就活不下去的人。我热衷于在舞会上成为焦点，我喜欢‘其他人’眼中的狄安娜。也许正因为如此，我居然放弃了成为作家的最大梦想。

“玛利亚第一封信似乎在说我：周遭人不断的关注，自己并不因此而快乐，差点由于‘其他人’而放弃梦想……”

“亲爱的，你看到了，你经历的事，玛利亚也经历了。从某种意义上说，不仅仅是你，所有人都会为了得到身边人的肯定而放弃自己的一些东西。”

“是的，可最后，玛利亚继续了自己的梦想，她没变成我那样，为‘其他人’的期望所累……第一堂课听着黄玫瑰的讲述时，你知道当时我在想什么吗？我在想，似乎玛利亚就是黄玫瑰，而我则是维纳斯……再后来，我俩又成了米利亚姆和阿耳忒弥斯……”

狄安娜顿了顿，她说自己像玫瑰维纳斯和玫瑰阿耳忒弥斯，泽内普·海涅姆听了不知会有什么反应。看着泽内普·海涅姆的表情依然如故，没什么不同后，她才继续说道："我这么说不是因为狄安娜是阿耳忒弥斯的另一个名字，或是米利亚姆这个名字和玛利亚很相似。相信我，我不是满脑子只有这些解释不清的巧合的。

"但有一个巧合我承认：和阿耳忒弥斯一样，我依赖他人活着……为了掩饰这一点，多年来我一直戴着女神的'面具'到处行走。我现在明白了，若想变得伟大，必须先学着渺小……我说得对吗？我说的这些关于玛利亚和我自己的话是对的吗？"

"狄安娜，你一方面抱怨'其他人'对你施加影响，另一方面，你却又征询着'其他人'的看法和意见。别忘了，我也是'其他人'。"

"不，泽内普·海涅姆。玛利亚说你是'和其他人不一样的人'，我觉得她说得对。请你告诉我，我对玛利亚和我自己的看法没错，对吗？"

泽内普·海涅姆看着狄安娜，眼里满是怜悯。"我觉得你太苛求自己了，狄安娜。没有十全十美的人，人们也没必要十全十美。人人都希望被身边的人羡慕，被别人认可，这是人之常情。"

"可如果过的生活是'其他人'为你选择的，而不是自己选择的呢？这也是人之常情吗？"

"亲爱的，我无权评判你的生活，任何人都无权。也许我能教你听见玫瑰说话，在这方面，我当然可以给你很多建议。在花园里，我支使你这么做那么做都可以，只要你听。这是因为我掌握了聆听玫瑰的声音的技巧，而你只懂一点皮毛，你请求我教你。可是狄安娜，别问我关于你的事。我并不了解你，就算我了解，我也不能教你你自己的事。

“至于玛利亚，其实，我对她的了解比你以为的要少得多。我见过她的次数也不比我见过你的次数多。不过根据我的了解，可以这么说，她相当勇敢。”

“而且，”她又加了句，“和你一样漂亮。”

狄安娜冲着泽内普·海涅姆感激地笑了笑。

我敲门敲对了，她心想。她还不想回房间，真想留下来，整晚都和泽内普·海涅姆待在一起。

可这又有何益？她和妈妈在一起待了二十五年，又怎么样了呢？

“我想我该走了。”狄安娜说，“真不知该如何感谢你，你真是太好了，花时间陪我。”

“我什么也没做。” 泽内普·海涅姆说，“不过，亲爱的，你说得对，你得稍稍休息一下，最后一堂课可是最辛苦的。”

35

外面依然黑漆漆一片。狄安娜下楼走向花园，上课还有十九分钟。今天早晨，她特意提前了一些，希望开课前单独和玫瑰们待会儿。

快到花园的时候，突然由远及近传来一阵脚步声，踩在木地板上，在夜里听得格外清楚。不像是泽内普·海涅姆的脚步，前几堂课，她总是准时到达，一分钟不早，一分钟不晚；而且，她的脚步总是不慌不忙，平平稳稳的。现在的脚步声听起来很慌乱，步伐也越来越快，噔噔噔的，似乎有人在跑。

来人却是泽内普·海涅姆。她冲着狄安娜跑来，脸庞被汗水濡湿了。

“哦，狄安娜，”她的声音带着颤抖，“我知道你一定非常期待这堂课，可是——”

“是谁？是……是玛利亚吗？”

泽内普·海涅姆垂下头。

“出什么事了？一切还好吧。”

“玛利亚打电话来了，但我睡着了，没接到。还好，她留了言。她说有很紧急的事要去里约。”

“噢，我的天！她一定是听说妈妈病了。我得赶紧回家，必须赶在她前面回到家。”

“可是玛利亚已经——”

“希望她还没听到妈妈去世的消息。”狄安娜喃喃道。

一生中都渴望和妈妈见面的玛利亚，若惊闻妈妈去世的消息，对她该是多大的打击啊！想到这里，狄安娜禁不住浑身颤抖。不过，玛利亚说事情紧急，至少去妈妈墓前拜祭用不着急匆匆的，不是吗？

“对不起，我得去收拾一下，必须马上回去。”

“是得马上，亲爱的。你收拾的时候，我给你订飞里约的最早航班。”

狄安娜向房间走去，突然，她停住脚步，转身飞奔到花园中央。她跪倒在黄玫瑰面前，指尖轻抚花瓣。

“你说得对，黄玫瑰。是香气，因为有了香气，玫瑰方能称之为玫瑰。”

36

泽内普·海涅姆为狄安娜订到了午夜航班，她们也及时赶到了机场。排队安检前，狄安娜抱了下泽内普·海涅姆。

“感谢你为我做的这一切，不知道怎样才能报答你。和你在一起的这几天，也许可说是我一生中最不同寻常的日子。请原谅我只能说‘也许’，倘若你见过我妈妈，你就会理解。”

“狄安娜，应当感谢你自己。这一个星期之所以不一般，不是由于我，也不是由于我们没上完的课，而是因为你面对玫瑰的勇气。这不是别人能够给予的。

“你来到这里时，聪明过人，受过良好教育，但你并未因此而蔑视聆听玫瑰的声音。相信我，做到这样可没那么简单。敢于放弃已有的优秀，才能达成日后的卓越。你具备这种勇气。”

狄安娜笑了笑：“你如此恭维，我可当不起。能认识你，我感到很荣幸，也非常开心。我想说，我的心留在了这里，希望有一天我还能重返玫瑰园，继续我未完成的课程。”

“心在哪，人就在哪。只要你的心在这里，无论你走多远，课都能继续。用不着怀疑。”

泽内普·海涅姆从手包里拿出一小瓶香水。“匆匆忙忙的，也来不及包一下再送给你。这是用园子里的玫瑰花香制成的香氛，混合了一百种不同玫瑰的香气，苏格拉底的也在里面。这香氛有个独特之处，每次闻的味道都不一样。我想它最适合你了。”

“真不知道说什么才好。它对我太有意义了。对不起，我没有准备礼物给你。”

“你已经给过我礼物了，亲爱的。当我的客人就是你能给我的最好礼物。”

说再见的时间到了，恍然间，狄安娜从泽内普·海涅姆蓝色深邃的眼眸中看到了妈妈的影子。放下包，她又一次抱住泽内普·海涅姆：“噢，我真不敢相信，你和我妈妈太像了……”

“亲爱的，总有一天，” 泽内普·海涅姆在她耳边轻轻说，“你也能听见玫瑰说话。这一天来到时，别觉得它是奇迹，因为生命中的每一刻都是奇迹。你要记住，不仅玫瑰会说话，万物皆如此。”

37

乘客们满怀忐忑，焦急地等待机组人员飞行正常的通知，让他们无须担心。飞机像喝醉了一般左摇右晃，两翼似乎随时都会折断。每个人都像惊弓之鸟似的，机身发出任何怪异的机械声音，都让他们惊恐不安，只有狄安娜除外。

狄安娜不耐烦地看着“系好您的安全带”的指示灯，盼望它马上熄灭，自己好去拿头顶上方行李架上的日记本。

指示灯似乎要永远那样亮下去了……

她解开安全带站起来，也不管其他乘客和后舱坐着的空姐此刻都看着她。正在这时，飞机晃了一下，她没站稳，一下子坐在了邻座乘客的腿上。

“噢，对不起，先生。”

“你这样容易伤着自己，小姐，还是坐下来吧。”那老年男性乘客说道。

空姐冲她打手势，强烈要求她坐下，有一些乘客也扭过头来，似乎猜测她是不是不正常。

她站直身子，伸手去拿行李架上的包。包随着机身起伏上下翻滚，一不小心就可能落下来砸在别的乘客头上。好在她终于成功抓住了包，有惊无险。

狄安娜打开日记本，在周围一片骚动不安中歪歪扭扭地写着：

亲爱的妈妈：

我有一些事想问您……

玛利亚先于我出生，是吗？她比我先学会走路，比我先开口说话，对吗？

如今，她依然领先我一步。我在写这些的时候，她很可能正要去找您……

其实，妈妈，玛利亚早就应当和您在一起生活。她比我更配，因为她疯了一般爱着您。

别误会，我也爱您。我和玛利亚一样爱您。只是，她虽然爱着您，却从未体验过做您女儿的甜蜜滋味。她爱您，却不曾享受过您的爱，不曾在惊恐害怕之时在您怀中寻找避风港湾，也不曾依偎在您胸前安然入睡。您曾说过“爱人者若要求回报，他的爱就不叫爱”。

那么，妈妈……我和玛利亚，谁更配当您的女儿？我已经不再害怕知晓答案了，毕竟，玛利亚是我的孪生姐妹。而且，既然我一直追随着她的足迹，那么有一天我也能配得上当您的女儿。

说到底，迄今为止，她和我的命运之旅相同：都在单亲家庭长大，都被身边其他人关注，都爱听爱看故事，有同样的梦想，都见过泽内普·海涅姆还有玫瑰园……循着玛利亚的足迹，应当很快到我和玫瑰对话了……不过目前还不大可能。在某种程度上，我仍然认为和玫瑰说话是在童话故事里才会发生的事。

可是，妈妈，我总在思考一个问题……童话中的主人公从不许无法兑现的诺言，是不是？那样的话，如果我在玫瑰园的所见所闻是童话故事，那泽内普·海涅姆不就是故事的女主人公？那她一定会遵守诺言的，对吗？“总有一天，你也能听见玫瑰说话。”她是这么对我说的……

我不知道，妈妈……

想象—现实；恐惧—希望；我—玛利亚……一切都混淆了。

我特别想听到您的声音……

您的小女儿：狄安娜

38

一见到来机场接她的酒店司机，狄安娜劈头就问："有人来酒店找我妈妈吗？长得很像我的人？"

"我没听说，奥莉维拉小姐。"

"送我回家前先在酒店停一下。"

回酒店途中，狄安娜不停看表，好不容易才开到酒店。但令她失望的是，无论问酒店员工，还是后来问家中用人，答案都是：没有人找过妈妈。狄安娜暂时不希望让人知道自己有个孪生姐姐，她只能委婉地问："上个星期有人在这里见过我吗？"大家都知道她出门了，因此都以为她在打趣。

玛利亚既没去过酒店，也没来过家里，那也就是说，也许她还不知道妈妈去世。这算是个好消息，但狄安娜还是放心不下，因为玛利亚也可能从其他渠道听说。

狄安娜实在想不出别的办法，只能在家里等着。她从楼上走到楼下，又从楼下走到楼上，竖着耳朵留心门铃和电话。但没人敲门，也没人打电话来……

等待一直持续到半夜，她精疲力竭，不得不暂告失败，一头倒在黑色沙发上，沉沉睡去。

39

门铃响了，狄安娜一下子惊醒了，抢在洛佩兹夫人前面冲过去开门。是邮差。狄安娜接过他递来的信，关上了门。信封上没有名字，也没有地址，但她有种预感，这信一定与玛利亚有关。她急忙撕开信封。

亲爱的妈妈：

我今天到了里约。有人告诉我您已经去世了，但我不信。

妈妈，您在哪里？我们就快要见面了，可您去了哪里？

噢，妈妈，我太想您了……您也想我，是不是？

来接我吧，我现在的地址，寄给你的第四封信里写着。

您一定会来接我的，因为我知道您还活着。

您一定要来。

如果您不来，我就不得不承认“其他人”一直以来说的都是真的，也就不得不接受在这个世上再也见不到您的事实。

那样的话，我会想尽一切办法自己来找您。

玛利亚

“噢，天哪！”狄安娜低声说道，“第四个信封里根本没有信。”

40

狄安娜打电话给泽内普·海涅姆，说了玛利亚寄来短信的事。放下电话，她开始翻箱倒柜，在屋子里每个角落寻找失踪的第四封信。她翻了古董壁橱，找遍妈妈的卧室和书房，每个能藏东西的地方都找过了，就是没有那封信。

天快黑时，电话响了。

“你好，狄安娜。”泽内普·海涅姆在电话里说，“找到信了吗？”

“没有，到处都找过了。我快疯了。”

“别着急。玛利亚得不到你妈妈的回复，相信她会再联系她的。”

“我问过每一个人，酒店的，家里的，他们都说没人来过。我现在也搞不清楚谁会告诉玛利亚我妈妈去世的消息。我担心她会做出什么傻事来。”

“不会，不会的，你别那么想。玛利亚没得到你妈妈的回信，至少她会打电话给我的，别担心……明天我会快递一个包裹给你。你收到后打开，见到玛利亚就给她，里面的东西对她也许有些安慰。不过见到她之前，你还是继续找信，亲爱的。”

“也许压根儿就没什么信！”

“可你不是说有第四个信封吗？有信封就必有信。”

41

狄安娜不歇气地连找了两天，仍然一无所获。她甚至去了妈妈的墓地问妈妈信在哪里，可没有听到任何回答。

从墓地回来后，她走进书房。她目光一本一本扫过书架上几百本厚厚的书，终于发现了小时候经常看的那本《小王子》。它夹在两本又大又厚的书中间，狄安娜用力才把它抽出来。玛利亚在写给父亲的辞别信中说，时隔多年，她重读了《小王子》。她还说内容完全不一样了。是这样吗?

狄安娜坐在地上，拂去书皮上的灰尘，翻开了书页。

一小时过去了，她看完了书。背靠墙坐着，她琢磨着玛利亚的话，究竟是哪里不一样了。过了一会儿，她拿过日记本写道：

亲爱的玛利亚：

时隔多年了，我刚刚又看了一遍《小王子》。你说得没错，内容确实完全不一样了！……

我在想，我开始有些明白“对玫瑰负责”的含义了。

但并不是说我能够负责。玛利亚，这大概就是我和你不一样的地方吧。你对你的玫瑰负起了责任。

早在我意识到之前，你就已经发现丢失了自己的玫瑰。你想方设法找回了它，精心照料它……

你猜我在想什么，玛利亚？我希望父亲当年带走的是我，而把你留给了妈妈。我希望妈妈用一生的时间照顾的是你，而不是我。你才是配给妈妈当女儿的人。

我现在才明白，妈妈当初不是把你托付给我，而是把我托付给了你。她知道，我需要你。

现在，我也知道了。

所以，玛利亚，你一定要来我这里；一定要再次坚信，我们在这个世界还能见到妈妈；一定要认为，妈妈和上帝同在，而上帝一直在我们身边。

还记得你小时候吗……当其他人告诉你说妈妈死了，说妈妈去了很远的地方，说你再也不能在这个世上见到妈妈时，你记得是如何回答他们的吗？你当时不是相信一定还有其他的答案吗？

究竟发生了什么，现在你改变了当初的想法？是因为你变成了和我一样的成年人了吗？

噢，玛利亚，我希望你很快来这里找我，我不会放弃的。因为我的心对我说：

“早在你寻找玛利亚之前，她就开始寻找你了……”

狄安娜

42

狄安娜合上日记本没几分钟，门铃响起来。她跑过去打开门。

是加百列，怀里抱着一个硕大的包裹。

“早上好，狄安娜，伊斯坦布尔来的快递。你在那里又偷了谁的心了？”

“我也希望偷了某人的心。”她答道，心里想起泽内普·海涅姆。

包裹包得非常仔细，像木乃伊似的捆绑得严严实实。此外还有一个信封，加百列连同包裹一起递给了她。狄安娜微笑着打发走快递员后，立即打开了信封。

亲爱的狄安娜：

包裹里是苏格拉底，还有一顶用白玫瑰编织的花冠，就挂在苏格拉底的枝干上，和玛利亚梦中所戴的花冠一样。玛利亚认为，她在听过苏格拉底的声音后，就能听到妈妈跟她说话。希望她的梦想早日实现。

另外，黄玫瑰有事拜托你……

为了玛利亚，黄玫瑰把一则纳斯列丁·霍加的逸事做了改编，希望你在见到玛利亚后，把改编后的故事讲给她听。玛利亚听完苏格拉底的诗句，会去寻找一把钥匙。那钥匙通过故事方能找到。

宝藏的钥匙

一天，纳斯列丁·霍加把宝藏的钥匙弄丢了。他找了自家门前的路，又到邻居家房前屋后寻找，连通向村口的路上也找了，到处找不见。

于是，他叫来邻居，帮忙一起找钥匙。他们四处寻找了，但一无所获。仿佛大地张开口，把钥匙给吞掉了似的。后来，有个邻居突然想起来，他问霍加：

“霍加，你确定是在外面丢的钥匙吗？”

“噢，不，”霍加回答，“在屋里弄丢的。可是我想在外面找起来比较方便，所以就在外面找了。”

黄玫瑰说，玛利亚不应当在外面寻找她的宝藏的钥匙，应当在屋里找……

也许，就在她床头的抽屉里找。

亲爱的，我和黄玫瑰都非常感谢你的帮助。

泽内普

43

狄安娜割开包裹外层厚厚的泡沫包装纸，拿掉填塞物，里面是一块银色的布，盖住苏格拉底。她小心翼翼地把沉甸甸的陶罐放在桌子上，然后，像给雕塑揭幕一般，拉去那层布。

苏格拉底！

“噢，我的天哪。”狄安娜小声叫着。

她跪在了地上。

“噢，我的天哪！”

她惊讶得几乎喘不过气来，只知道目不转睛地看着苏格拉底。苏格拉底其实是一丛玫瑰花丛，开着四朵黑色玫瑰花。四朵黑玫瑰！……

狄安娜盯着苏格拉底，不住惊叹，忘记了时间。

四朵黑玫瑰！

狄安娜跳将起来，冲到妈妈最后一次送给她的生日礼物——银质相框前。她抚摸着相框四边装饰的四朵黑玫瑰，读起相框上刻着的诗句：

不，并非如你所想
你并未失去我
我通过一切对你说话
自回忆的背后……

狄安娜的目光一行一行扫过诗句，时光也仿佛随之回到了过去。

她想起了玛利亚信的片段内容……玛利亚对“其他人”说：“并非如你所想。”妈妈在玛利亚梦中对她说：“你并未失去我。”还有粉玫瑰告诉玛利亚的话：“你妈妈通过一切对你说话……”

狄安娜想起了在玫瑰园的那几天。眼前浮现出阿耳忒弥斯和米利亚姆在陶罐里缠绕在一起的景象，耳边响起她们的对话。她想起了泽内普·海涅姆说过的话，和玛利亚在信中写到的一样，泽内普·海涅姆说的似乎也是妈妈说过的话……

狄安娜想起了那一刻在泽内普·海涅姆眼中看到妈妈的影

子。似乎此时她又在注视着泽内普·海涅姆的眼眸，似乎那双亮晶晶的蓝眼睛不是泽内普·海涅姆的，而是妈妈的……

狄安娜想起了她曾向妈妈索要"宝藏"的钥匙，想起了妈妈总是回答说不在她那里。她想起了妈妈给她讲的那些故事……想起了黄玫瑰送给玛利亚的故事……还想起了艾尔维斯夫人摆在妈妈墓前的黄色玫瑰。

每一行诗句都让狄安娜联想到玛利亚其中一封信，她觉得自己正一步一步离失踪的第四封信越来越近。

看着第一行诗句"不，并非如你所想"，狄安娜联想到玛利亚第一封信，她对"其他人"的反抗……看着"你并未失去我"，狄安娜联想到玛利亚第二封信，妈妈出现在她梦中，告诉玛利亚没有失去她……第三行"我通过一切对你说话"，让狄安娜联想到第三封信里，粉玫瑰告诉玛利亚，妈妈通过一切对她说话……这么看来，第四封信的线索一定藏在最后一行诗里。

狄安娜一遍一遍重复念着最后一句诗：

"自回忆的背后……自回忆的背后……

"回忆……回忆……"

"背后……"

她猛然停住口中的念念有词，伸手去拿相框。这是妈妈留给她的最珍贵的回忆。从墙上摘下相框后，她将其翻转过来，仔细查看背后。

果不其然！右上角有处细小的钥匙孔。想到泽内普·海涅姆信中所提到的黄玫瑰的建议，狄安娜把相框放到桌上，跑进了卧室。她打开床头的抽屉，双手伸进去，在一大堆纸笔中摸索开来。摸了好一会儿，终于触摸到抽屉底部粘了一枚小小的钥匙。

她把钥匙紧紧攥在手掌心。谢谢你，黄玫瑰……

回到客厅，她拿起挂在苏格拉底枝干上那由白玫瑰密密编成的花冠，轻轻戴在了头上。

接着，她又拿起银质相框。钥匙太小了，试着往锁孔插时，手没拿住，掉了。第二次再插，方才打开相框。里面躺着一块银板，用极小的字刻了一封信。拿出银板的时候，她的心怦怦怦狂跳不已。

银板在光线底下像镜子般闪闪发光，狄安娜将其举至胸前，看到最上方写着几个字："玛利亚的地址"，下方，光亮的银板清晰地照出她的脸庞。

这时，头上的花冠向后滑落了稍许，她往前摆了摆。两行清泪止不住，顺着脸颊悄然滑落。她没抬手擦眼泪，只是任其流淌，一边读起妈妈留下的信：

亲爱的狄安娜，或者可以叫你玛利亚，一如你父亲过去叫你。

过去，你父亲常常在你耳边轻声呼唤这个名字。自从他去世以后，我不再管你叫玛利亚。我想，待你了解到这个名字所指的你是什么样之后，再恢复这个称呼。

我盼望着你因迫于无奈而离家，远渡重洋，体会失去孪生姐姐的切肤之痛。有过如此经历后，无论面对何种状况，你都不会忘掉这个名字。

对不起，我的孩子。为了让你变成玛利亚，我不得不说一些谎话，一些不完全正确的话。我的时间所剩无几了，由不得我有其他的选择。我得让你尽快踏上去玫瑰园的行程。

这次旅程可视作为“十月雨”热身。通过这次旅行，我希望你能摧毁那个给你带来不快乐，并阻止你追逐梦想的“自我”。

既然你看到了这封信，那你必定已在寻找玫瑰之路上有了一个良好的开端；你也一定发现了这个玫瑰园的不同之处。

倘若如此……倘若对你而言，那玫瑰园果真异于其他花园；倘若苏格拉底不同于其他玫瑰；倘若花园中的你与平素的你不一样……而且这种不一样不仅没让你油然而生优越感，反使你更加谦卑，乐意欣然接受周围的世界，那么，亲爱的，泽内普和我就准备邀请你十月份同去以弗所。只有历经十月雨的浇淋，你才能真正了解玛利亚……

到那时候，也许我可以跨上长翅膀的马，不受任何物理定律的约束，飞到以弗所迎接我的女儿，和你一起站在十月雨中……

亲爱的，倘若届时你见不到我，就用心聆听以弗所的声音吧……不久，你将发现，以弗所只有一个声音，而不是两种声音。是玛利亚的声音……也是你的声音……

倘若有一天，那一个声音说“撤回所有发给律师事务所的工作申请，在面前摊开一页白纸，提笔书写你写作生涯中第一部作品”，那时候，亲爱的，我有一句话留给你。在书中讲述那人人都会经历的老套故事：

一段旅程由你展开，又因你而画上句点……

这段旅程你亲身经历过，已然写完，只需照搬到纸上。

也许你希望在其中某一页引用泽内普·海涅姆那句箴言，她承诺作为听见玫瑰说话的奖励的箴言。那是苏菲派圣徒尤努斯·埃姆莱说过的一句：

“我中还有一个我，它藏在内心深处。”

我爱你，我的宝贝……我永远陪在你身边。

妈妈

第三部分

Part Three

44

亲爱的妈妈：

分别已有数月，想到快要与您团聚，我便有说不出的高兴。再过整整一个月，我就去以弗所了！我就能和我的妈妈一起站在十月雨中……

这四个月来，我一直在写第一部小说。真希望把我写的故事读给您听，不过很遗憾，还没全部完成。但我仍想大概描述一下。

故事讲的是一株玫瑰，妈妈。一株叫以弗所的玫瑰……她带有一种与生俱来的美妙香气，而且这香气能说话，是快乐之声。它讲述梦想，讲述天使，讲述在人世间看到上帝。

然而，随着玫瑰逐渐长大，她听到了另一个声音，还错将其当做自己的声音。这个声音总是说“我如何如何”，而且特别大声，以至于玫瑰后来再也听不见原来的声音了。

要恢复原先的声音，玫瑰必须精心照顾好自己的香气。但在玫瑰种植的地方，人们钟爱的并非她的香气。他们只在乎玫瑰的颜色，玫瑰的茎干，还有她的花瓣……

于是，为博取人们的爱，玫瑰按照其他人的希望重新打造起自己。人们说“长高些”，她就长得更高。人们说“花瓣更亮彩”，她默然不语，立即照做。不久，由于疏于护理，玫瑰的香气一点点消失了。

人们按自己的喜好塑造着玫瑰，赞美声不绝于耳，似乎把她看做女神一般。不久，玫瑰开始觉得自己就是女神。她不明白，要彰显自己与众不同，唯有牢记自己是一株玫瑰。不是什么了不起的女神，只是一株玫瑰而已……

日子一天天过去，她发现自己越来越不开心。生命中只剩下妈妈还能令她高兴。然而，在她刚开始发掘妈妈身上亮点之时，在她最需要妈妈之时，妈妈却永远离开了她。至少她这么认为。

妈妈，其实这个故事讲的不是玫瑰，而是一位母亲。故事讲这位母亲证实了真正的玫瑰永不枯萎，即使凋零也继续散发着香气……讲这位母亲用力摇晃玫瑰生长的陶罐，帮她回忆起……

回忆还有可能吗？遗忘了还能记起吗？或者教授的还能遗忘吗？她重新散发香气吗？最重要的一点，她还能听到最初的声音吗？

我当然希望她能……

妈妈，这就是小说的大概内容了，也不知道写得好不好。我觉得，相比讲故事，更应当亲身经历故事。我甚至无法向泽内普·海涅姆描述清橄榄的滋味，又怎能写得出玫瑰园的奇妙之处？

可就算我失败了，也没什么。写得不精彩没关系，别人不喜欢也没关系……只要对我有意义就足够了，因为那是关于您的故事。我很高兴把它讲给您听。不，其实不是我讲给您，是您讲给我。在我以为您再也不会讲故事给我听的时候，您给我讲了这个故事。

谢谢您，妈妈……

我在空气中嗅到了您的香气。每次闻都有不同的味道。

玫瑰香。处处飘。

狄安娜

9月19日

45

小说即将完成时，我瞥见窗外飘过蓝气球，五六个扎成一束。从哪飞来的呢？

我推开窗户朝外望去。远处公园里好像有什么事情。我吃力地辨认着巨大布条幅上写的字：

巴西多变的海

街头艺术展

9月24日至27日

我在小说后面加了一章，写到看见蓝气球飘过，然后走出家门，去观看展览开幕。

46

走到展览的地方，我看见约二十幅画，一幅挨一幅排列开来。我在人群中搜寻马赛厄斯，但没找见。我又查看起油画来，寻找他在此处画的那幅作品。正在这时，我看到那个算命乞丐朝我挥手致意。

“你真走运，小姑娘。看谁在这儿？”

我笑了：“可不知道他在这里干吗呀！”

“去瞧瞧看呗。”

“好呀，瞧瞧看。”我说，“噢，对了，昨天和艾尔维斯夫人聊天，她说跟你打招呼了。但她不明白为何你要拒绝她的礼物。”

“我干吗接受她的礼物啊？我是个正派人，尊重自己的工作。没给人算命或者算不准的话，我不会接受任何礼物，也不收取一分一毫。”

“好吧，也许你给我算命时没说中，不过从某种程度上说，确实是你的缘故，我才开始去看那些信。你何不收下艾尔维斯夫人的礼物？就当是帮她和我妈妈应得的回报，当做对你善意的感激。”

“回报善意的礼物，呃？小姑娘，这听着像和我做交易似的。善意是……”

说到这里，他突然停住，指了指其他乞丐。

“看到那边的乞丐了吗？他们曾是镇上最幸运的乞丐，肚子从早到晚都吃得饱饱的。你有留意过吃的什么吗？我们用银盘子吃饭。每天早上都有个孩子拿来好吃的食物，放下后就走了。我们免费吃喝了很长一段时间，直到有一天，再没人送食物来。大家都在猜测谁送的食物，但那个孩子，口风真够紧的，一点信也不透露！这些人至今不知道送食物的好心人是谁。可是我知道，因为已经有六个月没有食物送来了。现在你告诉我，小姑娘，你认为是谁送的美味食物？”

“我不知道，大概是哪个慈善机构吧？”

他笑了：“你看，小姑娘，亲生女儿都不知道你做了好事，这才叫善意。”

我无言以对。不过那一刻，我感到，当妈妈的女儿真的感觉与众不同。

“对不起，我真不知道这事。等下我回到酒店，马上通知厨房准备。我保证食物会送过来——”

“不用了。”他说，“我就是想解释一下，为什么拒绝了可爱的艾尔维斯夫人的礼物。”

“谢谢。”我说着，拍了拍他的背。

告别了乞丐，我向前方聚集的人群走去。他们在观看那幅马赛厄斯当初在这里画的画。我过去仔细端详了一会儿，突然明白马赛厄斯并不是为了我回来的。他早就说过，会在画出最好作品的地方举办画展。而这幅画，确实是最好的。海浪更加愤怒，画面上方的角落，依然是那只落单的海鸥。它还未厌倦孤单的飞行吗?

这时，我看到了马赛厄斯。他站在人群中，背对着我。他旁边一名男子手上举着售价单，正跟他说着什么。我走近了一些，听到男子说：“这幅画我们十分喜欢，尤其是我太太。售价若能低一点的话——”

“这也是我的最爱。”马赛厄斯回答说，“我很乐意给您打折——”

正说着，他看到我立在一旁，猛然间停住了。他怔怔地看着我，一句话不说，连招呼也没打，只是目不转睛地盯着我的前额，仿佛看见了世上最奇怪的事。

大约十五或二十秒钟后，他才转身继续对那位男顾客说：

“但很抱歉，我不能卖还未完成的画。”

“没完成怎么还放在售价单里呢？”

“对不起，先生。我也是才发现。”他手指向大海，“我画的就是面前这片海，那天也是现在这个时间，就看着那里……看，您不觉得水面上多了一片亮光吗？不知何故，我之前没看到亮得如此耀眼……”

马赛厄斯虽在道歉，眼睛却仍不住瞅我。这让男子有些恼火。他在妻子耳边抱怨了些什么，挽起她的手，走开了。

马赛厄斯扭头对我说道：“我不知道该说什么好，狄安娜。我真的……”

“那就什么也别说。”

“我也不想问你好不好，我看出来了，你过得非常不错。我不禁想问，打我离开后，究竟发生了什么事——”

“那可说来话长了。”我说，“长得可以写部小说了。”

“我很想听听。”

47

我们一起走着，很快到了我家。一路上，他问了我许多问题，我都避而不答。

“随便坐。但你得答应，我没写完前，不许站起来。我得写一会儿呢！”

“行，我答应。”他说着，在窗边的扶手椅上坐下来，展开没画完的那幅画，铺在腿上。

我敲了一下键盘，打印小说前几页的内容。接下来的时间里，我继续敲我的故事，他则忙着完成那幅画。

刚写完我们从公园回家的部分，马赛厄斯放下画笔，看着我。他脸上露出孩童般快乐的表情。也许，我可以邀他一起去以弗所。

可我要如何说？我甚至不知道去以弗所做什么。泽内普·海涅姆和妈妈一样不肯让步，艾尔维斯夫人也不肯透露一点秘密。我唯一能确定的，就是我去那儿是为了更好地了解玛利亚。可现在，我该如何向马赛厄斯解释这一切？

我对以弗所了解甚少，凭我知道的一星半点，他会对地球另一端的那座小城燃起兴趣吗？马赛厄斯去了能收获什么？古城废墟……阿耳忒弥斯神庙……圣母玛利亚小屋……这些能说服他去吗？

当然，我也会在那儿！这应当够劝服他了。

“我发现，你又开始自以为是了。”是玛利亚的声音，打断了我的思绪。最近常这样。每当阿耳忒弥斯在我心中抬头，就能听到米利亚姆激烈反对她的声音。有时是狄安娜大声些，有时又是玛利亚……似乎还得有一段时间，她们才能完全融合，成为一株玫瑰呢！但我还是很高兴，至少我能分辨出她俩各自的声音了。

那么……马赛厄斯会不会去以弗所呢？

如果他去了……

也许一个十月的傍晚，我和马赛厄斯坐在梅勒斯河边，欣赏对面夜莺山的美丽日落。

也许我会给他讲两千年前发生在以弗所的事。这些事都是我听来的，也许是听我内心深处的以弗所玫瑰说的。

也许我还会给他讲人生。“每个人都是一座以弗所古城，”我会对他说，“城里既住着阿耳忒弥斯，也住着圣母玛利亚。”

而且我还会给他讲阿耳忒弥斯的孪生哥哥，阿波罗，这下他会更加迷糊。那时，我就皱起眉头故作不快：“算了，别管阿波罗了。你，也去寻找失去的孪生兄弟吧！”

倘若十月的某个傍晚，一切都如我所想般发生了，我又再次见证了泽内普·海涅姆那真理般的言辞：

“梦想是现实的催化剂。”

48

我准备写小说最后一章时，马赛厄斯把画作递给我看。他完成了。在原先的画上刷了淡淡一笔，那只孤单飞翔的海鸥双翼之间便多出第三只羽翼，闪着光，显示后面隐着另一只海鸥。

我被画迷住了，挪不开双眼，但手仍未停止敲键盘。再有几句话，然后……我会从打印机里取出打印好的前几页，递给马赛厄斯看。

然后，我会看着他的眼睛，脑子里闪过第一章写到的两只酒瓶……闪过起点和终点……闪过马赛厄斯讲的两朵浪花的小故事……阿耳忒弥斯和米利亚姆……画中的两只海鸥……玛利亚和我……还有，最重要的，我会想到妈妈和我。

所有这一切，我的心都会告诉我。而马赛厄斯，他会知道我的心在说什么。那时，我就开始给他读我的小说：

“两只重叠成了一只。”

尾　声

以弗所，一座双面之城。这里既坐落着阿耳忒弥斯神庙，也是圣母玛利亚小屋所在地。这座城市真我和假我兼具，自大与谦逊共存，奴役和自由同现。这就是以弗所，对立面在这里纠结交缠。它同人类一样具有各种人性。

十月的一个傍晚，靠近古城以弗所的梅勒斯河边，两个人傍河而坐。夜莺山后，太阳即将沉没，余晖给夜莺山染上一片深红。已有知晓天象的人告诉过他们，这种景象是即将下雨的好兆头。

“圣徒保罗在向众人传道，宣讲圣母玛利亚。”狄安娜说道，“人群愤怒了，他们叫喊着，对他发出抗议，还咒骂他。

你听到了吗？许多人反对新信仰，因为新宗教禁止他们崇拜自己的女神。听哪，他们顿足高呼：‘我们不要玛利亚！我们崇拜阿耳忒弥斯！’”

“阿耳忒弥斯？”马赛厄斯问道，“他们的女神？是罗马神话里的狄安娜吗？”

“不必在意她叫什么。”狄安娜说，“她只是杜撰的人物。是其他人塑造了她，把她当做女神崇拜。”

“你好像挺了解。”

“我像了解自己一样了解她。”

“哦？那何不跟我讲讲？”

“她是狩猎女神。”狄安娜开始讲述，“是出色的猎手，能用弓箭置人于死地。敌人总在不提防时，突然被射中，不过死亡时体味的是甜蜜。她崇尚自由，却摆脱不了心有负累；高傲自负，却不得不依赖他人。她母亲勒托倚着橄榄树生下了她，还有……”

说到这里，狄安娜深深地吸了一口气，然后说：“还有她的孪生……”

狄安娜碰了碰马赛厄斯的手，说：“她的孪生哥哥阿波罗，后面我再讲他。我会给你讲他的神庙，讲神庙正面刻的标志性大字‘Gnoti Seavton’。我还会讲到伟大的哲学家苏格拉底。一天，苏格拉底途经阿波罗神庙，一看见那两个词，就目不转睛地瞅着。Gnoti Seavton，这两个词揭示了宇宙为何诞生，人类为何存在。不过，说这些之前，我先想讲讲一株叫阿耳忒弥斯的双生玫瑰。女神阿耳忒弥斯和诗人荷马大概都不曾听说过。”

“神话故事记载，”狄安娜继续说着，“有一天，阿耳忒弥斯从母亲那儿得知，她还有个孪生姐姐，和自己性格迥异。为了找这个姐姐，她离开了家，远渡重洋，走进一座玫瑰园。在玫瑰园里，园丁要她自己也经历一次甜蜜的突然死亡。据说，要找到孪生姐姐，她必须先学会听到玫瑰说话。

“在玫瑰园待了一段时间后，阿耳忒弥斯回到了家中，并找到了一把钥匙，它能够带她找到孪生姐姐。她欣喜若狂，但快乐之余仍觉遗憾。她不禁问自己：‘难道说聆听玫瑰的声音只是杜撰的故事吗？’后来她想起第一天走进玫瑰园时园丁说的话，心中才感到有所安慰。园丁当时对她说：‘一枚印记刻在了你心底，也许现在还看不出来。待到时机成熟，它便会显露无遗。’”

狄安娜望着天边的雨云，继续说：“也许此刻时机成熟了，乔恩，看，要下十月雨了……”

《黑暗中的轻轻一吻》

江苏文艺出版社/ISBN：9787539939957/开本：32开/定价：25.00元

穿越战争硝烟，只为寻求家的温暖；羸弱少年，寻爱之旅，能否换来亲情慰藉？

著名作家安武林、毛尖、徐鲁联袂推荐！

2009年度“昆士兰总督文学奖”最佳青少年小说；

2010年“澳洲童书理事会”年度最佳图书；

美国图书馆协会、澳大利亚童书理事会、英国《卫报》推荐青少年必读图书！

《这一生再也不会有的奇遇》

江苏文艺出版社

ISBN：9787539939797/开本：32开/定价：24.00元

日本文部省、日本读书协会推荐高中生·大学生课外必读

一本教你重新检视人生梦想，为了追梦而燃烧自己的希望之书

每个人的年少时代，都会经历一段彷徨忧闷的时光

十七岁之夏的遇见，让一个寂寞灰暗的少年，从此灼灼闪耀，也让他的思索和思念，铭心刻骨一生……

《我不会死在这里》

江苏文艺出版社

ISBN：9787539930169/开本：16开/定价：26.00元

安第斯山空难——

唐山大地震发生前，震撼全球的灾难！感动人类的自救！

本书畅销全球六十余国，感动读者十数亿。亚马逊终身五星好书！

《时代》《纽约时报》《华盛顿邮报》《出版人周刊》……全球顶级媒体强烈推荐！

《马背上的男孩》

江苏文艺出版社

ISBN：9787539930299/开本：32开，定价：29.80元

每个孩子都曾在孤独中挣扎，直到遇见你给的爱……

令一家人收获希望的奇迹之旅，让全世界心灵受洗！

在大自然不可思议的疗愈力里，执著的父亲终于走进了儿子的心灵世界。

亚马逊五星级图书，荣登英美畅销书榜，同名纪录片获多项国际大奖！

《就说你和他们一样》

江苏文艺出版社/ISBN：9787539937915/开本：32开/定价：26.00元

如果觉得生活太痛苦，是因为我们距离死亡还太远！奥普拉2009年至今唯一选书！全球数百位名人感动推荐！美国单月热卖650,000万册，空降《纽约时报》小说排行榜冠军！格莱美奖得主、2010世界杯开幕式主唱Angelique Kidjo专为本书谱写主题曲“Agbalagba”！

书名“就说你和他们一样”是小说里一位母亲为了保护她的孩子免受暴民所杀，而叮嘱女儿的话。面对暴戾争端，小女孩只记得母亲最后的嘱咐：无论任何人问起你的身份，记住，就说你和他们一样。

《天堂可以等》
江苏文艺出版社
ISBN：9787539937755/开本：32开/定价：26.80元
人世间，多久没有如此感人肺腑的爱了？
欧美言情天后凯莉·泰勒谱写纯爱新经典，超越生死的爱情传奇！
2009年度英国最佳图书，亚马逊五星级好书！
最精彩浪漫的故事、最情深刻骨的爱情、最超值的阅读体验！
两个月售出9国版权，万千读者为之潸然泪下！

《44号孩子》
江苏文艺出版社
ISBN：9787539937946
开本：32开/定价：29.80元
前苏联的残酷往事，人性扭曲的“十年浩劫”
横扫欧美亚20国畅销小说榜
一个令人毛骨悚然的时代，关于爱情与家庭、希望与信仰的生死救赎

《沉默之心》
江苏文艺出版社
ISBN：9787539938318
开本：32开/定价：28.00元
加拿大ARTHUR ELLIS大奖得主、脑神经科医生挑战人性的颠覆之作。
无法言说之痛，无法理解之惑，让全世界都屏住呼吸而沉默。

《空中庭园》
湖南文艺出版社
ISBN：9787540446253
开本：32开/定价：25.00元
直木奖得主角田光代扬名日本的家庭伦理小说
村上春树的同门师妹，渡边淳一、黑木瞳最为欣赏的日本女作家
本书改拍同名电影横扫了日本各大电影奖项，轰动日本

《少年罗比的秘境之旅》
江苏文艺出版社
ISBN：9787539937328
开本：32开/定价：25.00元
“一个男孩要走多少路，才能被称为男人？
最冷酷的世界与最温暖的人性，最伟大的爱情与救赎。

《承诺 一辈子做女孩Ⅱ》
湖南文艺出版社
ISBN：9787540446147
开本：16开/定价：29.80元
全球超级畅销书《一辈子做女孩》完美续篇
每个人都应该明白：承诺，是一种幸福的勇气，与婚姻无关”

《第八日的蝉》
江苏文艺出版社
ISBN：9787539934310
开本：32开/定价：24.80元
有“幸”活到第八日的蝉，是悲？是喜？如果我努力活着，上帝应该不会嫌弃我吧？